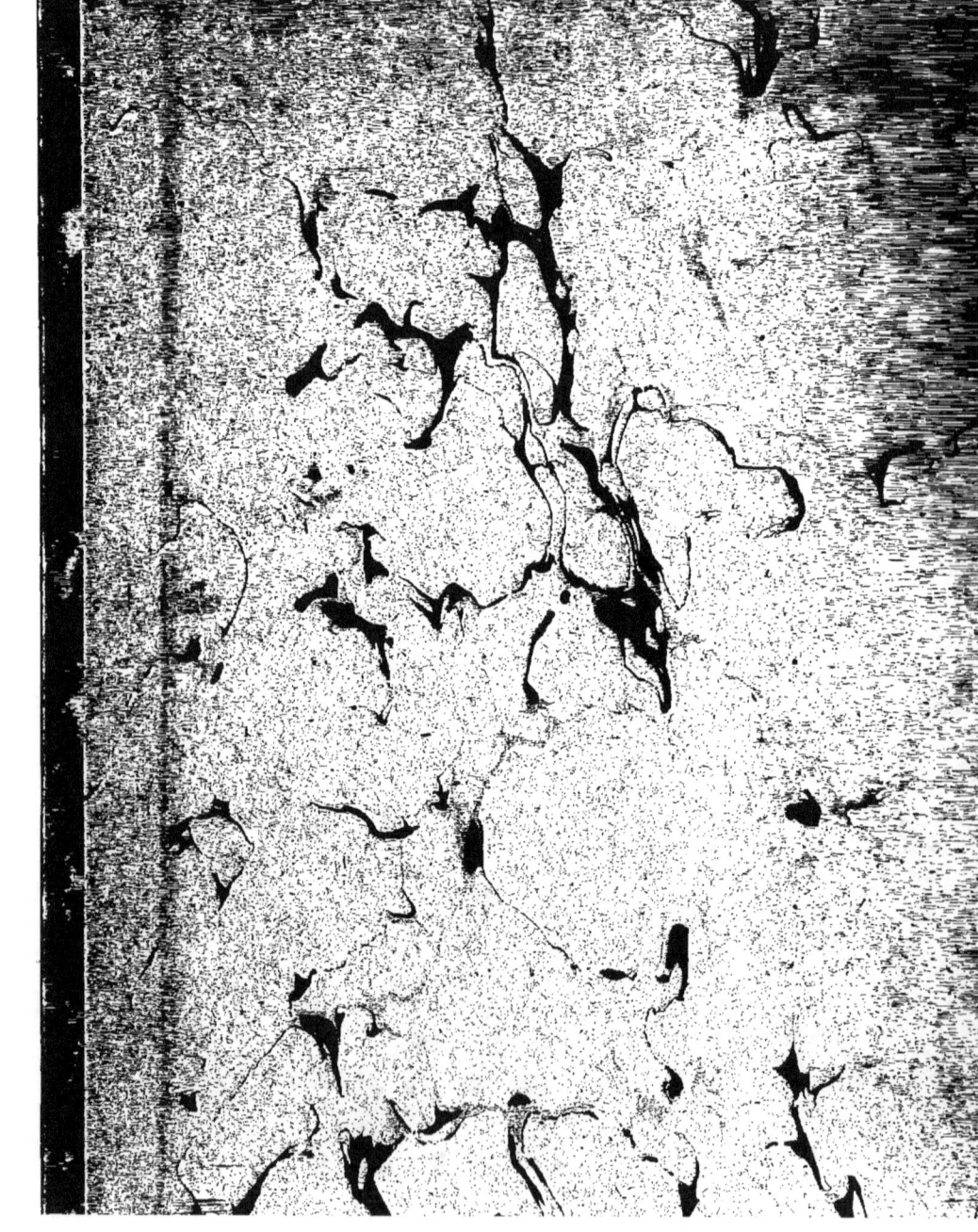

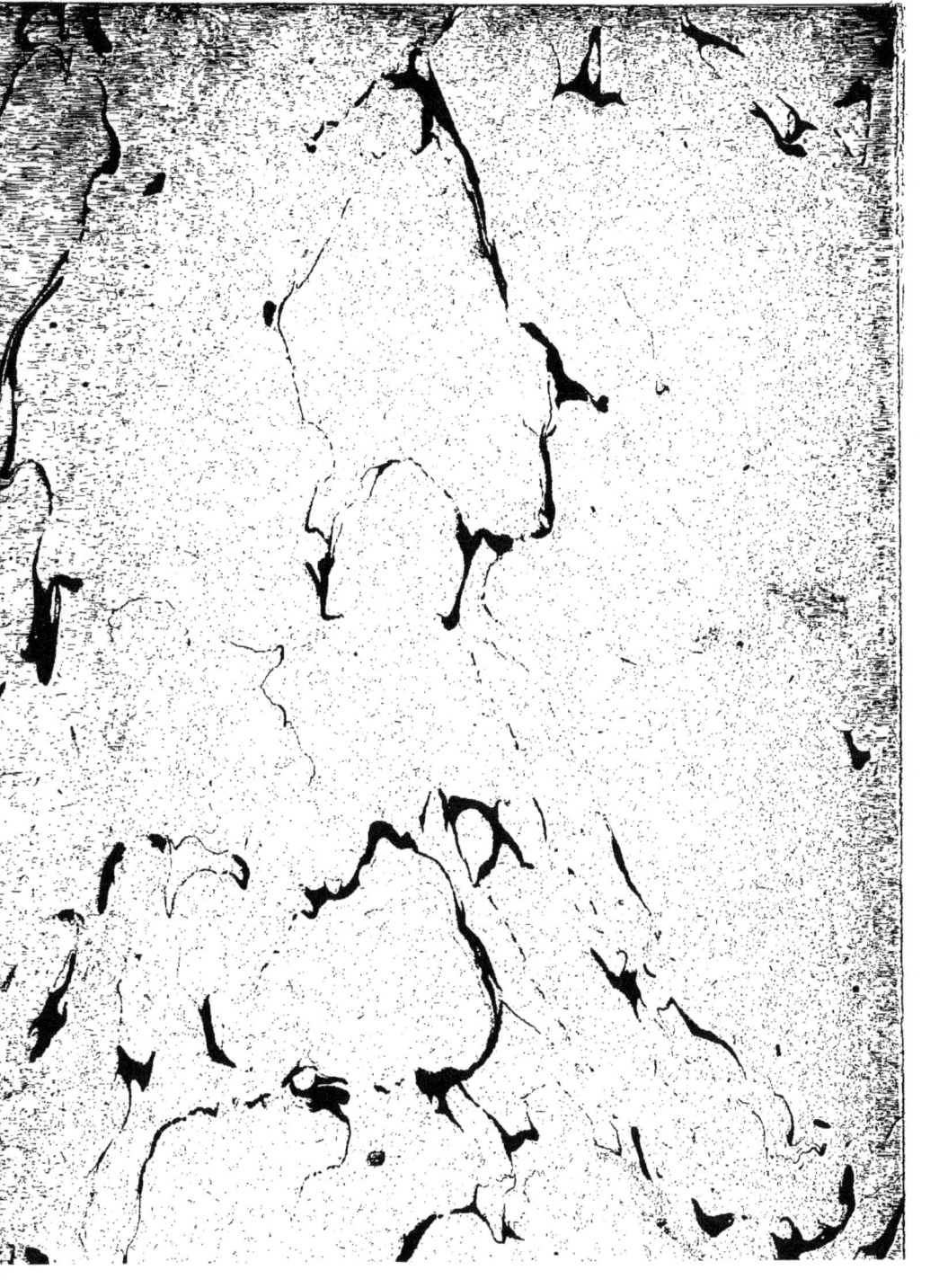

UN
ÉTÉ A LA CAMPAGNE

PAR

MME EMMA D'ERWIN

OUVRAGE ILLUSTRÉ DE 39 VIGNETTES

Par SAHIB

PARIS

LIBRAIRIE HACHETTE ET CIE

79, BOULEVARD SAINT-GERMAIN, 79

UN

ÉTÉ A LA CAMPAGNE

PARIS. — IMPRIMERIE E. MARTINET, RUE MIGNON, 2

MME EMMA D'ERWIN

UN

ÉTÉ A LA CAMPAGNE

Ouvrage illustré de 39 vignettes

Par SAHIB

PARIS

LIBRAIRIE HACHETTE ET CIE

79, BOULEVARD SAINT-GERMAIN, 79

1879

UN ÉTÉ A LA CAMPAGNE

CHAPITRE PREMIER

L'ARRIVÉE CHEZ LA GRAND'MÈRE

MADAME DELORME.

Jacqueline, notre tarte est-elle au four?

JACQUELINE.

Oui, madame, et déjà un brin dorée.

MADAME DELORME.

Bien, surveillez-la, ayez soin qu'elle ne brûle
pas.

JACQUELINE.

Madame peut être tranquille ; quand il s'a-
git de Mlle Marthe et de M. Robert, je sais que
je dois montrer tous mes talents.

MADAME DELORME.

Toutes les grand'mères sont comme moi :
dès que leurs petits-enfants sont bons et gentils, elles aiment à leur faire plaisir. »

Mme Delorme parlait encore lorsqu'un petit
bruit, venant de la vieille horloge de la cuisine,
lui fit lever les yeux. C'était le coucou qui ouvrait d'un coup de bec la porte de sa maison
de bois. Il montra sa tête, chanta trois fois :
Coucou, coucou, coucou, puis rentra chez lui
et sa porte se referma.

« Déjà trois heures, dit Mme Delorme; il est
bien temps de partir pour la gare. »

Elle s'éloigna rapidement et, en entrant dans le vestibule, rencontra une jeune fille qui venait de descendre l'escalier, toute prête à sortir.

« Viens vite, Claire, lui dit-elle, nous allons être en retard. »

Toutes deux se mirent en route d'un bon pas et arrivèrent à la gare juste au moment où le train s'arrêtait.

« Les voilà! les voilà! bonne maman, dit la jeune fille ; regardez de ce côté, dans le troisième wagon. »

Mme Delorme aperçut alors deux petites têtes blondes à la portière, et moins d'une minute après Marthe et Robert, accompagnés de leur bonne, vinrent se jeter à son cou.

« Bonjour, bonne maman, bonjour Claire ; comment se porte Jacqueline? que devient Milord? Blanchette fait-elle toujours ronron? »

MADAME DELORME.

Ne parlez pas tous les deux à la fois, mes chéris, et surtout donnez-nous le temps de vous répondre. Mais, avant tout, dites-moi si votre maman va mieux.

LA BONNE.

Madame n'est pas trop mal aujourd'hui, seulement elle n'a 'presque pas dormi de la nuit. Je suis sûre que c'est le départ des enfants qui la préoccupait. Elle m'a appelée dès le matin pour me demander si j'avais pensé à mettre dans la malle les jupons de flanelle et la capeline de Mlle Marthe avec la toque et la veste de drap de M. Robert. »

La bonne avait raison : Mme Lorin pensait constamment à ses enfants et se fatiguait tellement en s'occupant d'eux, que sa santé en avait souffert. Le médecin avait ordonné d'envoyer Marthe et Robert à la campagne : c'était le seul moyen de procurer un peu de repos à leur mère.

Mme Delorme, dévouée comme toutes les grand'mères, consentit à se charger d'eux pour tout l'été et prétendit, pour rassurer leur père, M. Lorin, que cela ne lui donnerait pas

Marthe et Robert, accompagnés de leur bonne,
vinrent se jeter à son cou.

trop de peine, puisqu'elle serait aidée par sa domestique Jacqueline et par sa petite-fille Claire.

Claire avait quatorze ans, elle était orpheline et depuis cinq ans vivait auprès de sa grand'mère. C'était une charmante jeune fille, douce, raisonnable, cherchant toujours à se rendre utile, de sorte qu'elle plaisait à tout le monde et que ses petits cousins l'aimaient de tout leur cœur.

« Venez, mes mignons, leur dit-elle en arrivant à la maison, je vais vous montrer vos chambres. Toi, Robert, tu couches près de grand'mère, dans son cabinet à portemanteaux. Vois-tu, j'ai trouvé cette petite table dans le grenier, et Jacqueline, avec une scie, a raccourci les pieds. Comme cela, tu pourras te servir de ta cuvette et de ton pot à l'eau sans monter sur un tabouret. Tu sais te débarbouiller, n'est-ce pas? puisque tu as sept ans.

ROBERT.

Oui, je sais bien me débarbouiller pour les

jours ordinaires, mais pas pour les jeudis et les dimanches.

CLAIRE.

Tu apprendras, pour ne pas fatiguer bonne-maman. Maintenant, Marthon, viens voir ton logement.

MARTHE.

Oh! comme je serai bien à côté de toi! Le gentil petit lit à barreaux, les jolis rideaux roses! Vois donc, Robert, il y a des oiseaux au milieu des fleurs. C'est toi qui as fait ces rideaux, Claire?

CLAIRE.

Oui, mademoiselle Chiffon, c'est moi qui ai choisi l'étoffe et plissé le volant; je t'assure qu'il a fallu joliment me dépêcher pour arriver à les poser ce matin.

MARTHE.

Je voudrais bien savoir coudre pour faire aussi de beaux rideaux.

CLAIRE.

Je t'apprendrai, mais pas aujourd'hui : ce
serait trop long et nous n'avons plus que le
temps de faire un tour de jardin avant le
dîner. »

Les enfants descendirent avec leur cousine.
Milord, le beau chien épagneul, vint gambader
autour d'eux ; mais Blanchette, qui était plus
sauvage, grimpa, en les apercevant, le long
du mur de l'orangerie, puis se posa au bord
du toit pour les regarder.

MARTHE.

Mademoiselle Minette, c'est bien vilain de
se sauver comme ça ; maman me gronde
quand je ne dis pas bonjour.

ROBERT, *riant.*

Ah ! ah ! ah ! tu veux que la chatte soit raisonnable, c'est drôle ! Moi, je connais une petite
fille qui ne l'est guère. Elle se cache toujours
quand M. Leblanc vient voir sa maman.

MARTHE.

C'est que M. Leblanc veut m'embrasser et
sa barbe me pique.

ROBERT.

Es-tu douillette ! Elle ne t'a jamais écorchée,
sa barbe.

MARTHE.

Je n'ai pas dit qu'elle m'écorche, j'ai dit
qu'elle me pique.

ROBERT.

Elle ne te pique pas non plus ; ça saignerait
si elle te piquait.

Marthe était devenue très rouge ; elle en
voulait beaucoup à son frère. Il la taquinait
assez souvent, elle aurait dû y être habituée,
mais ce qui la contrariait, c'était de voir que
Robert faisait connaître ses petits défauts à sa
cousine Claire.

Elle aurait bien voulu répliquer par une
grosse malice, mais justement elle ne trouvait

rien à répondre. N'importe, comme elle était en colère, elle dit la première chose venue.

MARTHE.

Tu es un méchant, tu m'ennuies, laisse-moi tranquille.

ROBERT, *moqueur*.

Charmante petite fille ! j'aime mieux la chatte.

Marthe se mit à pleurer, Claire jeta sur Robert un regard de reproche et chercha à consoler la petite fille. Robert à présent était fâché d'avoir fait tant de chagrin à sa sœur ; il la caressa, tira son mouchoir de sa poche pour lui essuyer les yeux. Milord, qui regardait cette scène, s'approcha des enfants et se mit à lécher les larmes qui coulaient sur les joues de la fillette. Marthe éclata de rire, embrassa Robert, passa sa main sur la tête de Milord et la paix fut faite.

Ce n'était peut-être pas pour bien long-temps. Robert était taquin, Marthe était susceptible. Avec ces deux défauts on est toujours prêt à se quereller. Blanchette et Milord étaient plus raisonnables; ils vivaient comme deux bons amis : le chien ne donnait jamais de coups de dents et la chatte jamais de coups de griffes.

CHAPITRE II

LES POUSSINS ET LE CHARDONNERET

Ding din don, ding din don. C'était Jacqueline qui sonnait la cloche pour annoncer que le dîner était servi. Justement on se trouvait tout au fond du jardin. Claire, qui ne voulait pas faire attendre sa grand'mère, prit Robert d'une main, Marthe de l'autre, et courut avec eux du côté de la maison. Milord crut que

c'était pour jouer; il se mit à sauter autour
des enfants en aboyant de toutes ses forces.
Il avait une grande queue qui remuait comme
un panache; ses longues oreilles tombantes,
couvertes de poils aussi doux que la soie,
allaient et venaient en même temps des deux
côtés de sa tête. La grand'mère, qui était
appuyée sur la balustrade du perron, ne put
s'empêcher de rire à la vue de cette bande
joyeuse.

On se mit à table; le dîner fut très gai. Les
enfants mangeaient proprement, sans faire
tomber leur potage sur la nappe ni renverser
leurs verres. Ils avaient soin de ne pas mettre
leurs doigts dans la sauce, et ils ne manquaient
pas de s'essuyer la bouche après avoir bu.
Mme Delorme leur servit une bonne tranche de
la tarte aux confitures pétrie par Jacqueline.
Ils la mangèrent sans se faire autour des lèvres
des moustaches poisseuses, et, tout en la trouvant excellente, ils eurent la discrétion de n'en
pas redemander.

Après le dîner ils étaient las, leurs yeux se

fermaient ; ils embrassèrent leur grand'mère et allèrent dormir dans leurs bons petits lits.

Le lendemain matin il faisait très beau. Claire ouvrit la persienne, le soleil entra dans la chambre, passa à travers les rideaux roses de Marthe et la réveilla.

« Bonjour Claire, dit-elle, je vais vite m'habiller, puis, si tu veux, nous irons au jardin avec Robert. »

Elle mit ses bas, ses bottines, attacha son jupon, lava ses mains. Au lieu de se laisser habiller et de rester les bras pendants comme une vraie petite poupée, elle cherchait à se tirer d'affaire, ce qui l'avait rendue très adroite pour son âge.

Claire n'eut plus qu'à laver son cou et ses épaules, à peigner ses cheveux et déjà Marthe courait du côté de la porte, lorsque sa petite maman l'arrêta : « Et ta prière, dit-elle, est-ce que tu l'oublies ? »

C'était vrai, Marthe allait l'oublier. Pourquoi ? parce qu'elle était gaie et contente. Ce n'était pas juste, car si elle avait une bonne grand'mère, une gentille cousine, c'est que le bon Dieu les lui avaient données. Il fallait donc le remercier. Et puis, sa mère était malade et il fallait aussi lui demander de la guérir.

Après la prière, elle descendit avec Claire au jardin ; Robert y était déjà depuis un quart d'heure.

CLAIRE.

Si vous me promettez de vous tenir tranquilles et de ne pas effaroucher les poules, je vais vous mener à la basse-cour.

MARTHE ET ROBERT.

Oui, oui, à la basse-cour, nous nous amuserons bien.

MARTHE.

Qu'est-ce que c'est que cette poule plus grosse que les autres?

CLAIRE.

C'est un coq, le papa des petits poulets.

ROBERT.

Et ces poules qui ont des plumes vertes sur les ailes, comment les appelles-tu ?

CLAIRE, *riant*.

Je les appelle des canards ; voilà bien de vrais petits Parisiens ; ils ne connaissent ni les bêtes ni les plantes.

MARTHE.

Comment es-tu sûre que ce sont des canards?

CLAIRE.

A cause de leur gros bec, jaune et arrondi, tandis que celui des poules est pointu. Et puis aussi à cause de leurs pattes qui s'écartent comme un éventail. Voyez-vous, l'étoffe de cet éventail-là s'appelle une membrane.

MARTHE.

Et ces petits oiseaux jaunes, ce sont des serins, n'est-ce pas? Pourquoi donc n'ont-ils

point de queue? Est-ce qu'on la leur a coupée?

CLAIRE.

Non ; seulement elle n'a pas encore poussé.
Ces oiseaux sont des poussins, les petits de la
poule ; il n'y a que huit jours qu'ils sont sortis
de l'œuf.

ROBERT ET MARTHE.

Comment! sortis de l'œuf? c'est impossible!

CLAIRE.

Mais non. Avez-vous vu le coucou de la
cuisine?

ROBERT.

Je crois bien. Quand l'heure va sonner, il
donne un coup de bec et sort de sa maison.

CLAIRE.

Eh bien, quand l'heure est venue pour lui,
le petit poussin donne aussi un coup de bec à
l'œuf qui lui sert de maison. Seulement cette

maison-là n'a pas de porte, et, pour en sortir, il faut faire un trou au mur, c'est-à-dire à la coquille.

MARTHE.

Oh! donne-moi vite un œuf pour que je voie sortir le poussin.

CLAIRE.

Cela ne se peut pas; pour que le poussin grossisse dans l'œuf et que son bec devienne assez fort pour briser la coquille, il faut que la mère le réchauffe bien longtemps sous ses ailes.

MARTHE.

Pauvre poule! ça doit l'ennuyer beaucoup de ne pas pouvoir se promener.

CLAIRE.

C'est possible, mais elle aime son petit et le couve sans se décourager. Ta mère aussi t'a couvé comme un petit poussin : jour et nuit elle veillait auprès de ton berceau pour t'y

faire dormir bien chaudement et pour te donner la nourriture dont tu avais besoin.

ROBERT.

Vraiment? Je l'ai tout à fait oublié.

CLAIRE, *souriant*.

Comme le petit poussin; mais, lui, ne saura
jamais ce que sa mère a fait pour lui, tandis
que vous, en grandissant, vous comprendrez
tout ce que des enfants doivent à leurs parents
et vous chercherez à leur être utiles à votre
tour.

MARTHE.

Je sais déjà apporter à maman sa tasse de
tisane et le sucrier.

CLAIRE.

C'est quelque chose, plus tard tu feras
mieux.

Claire ferma la porte de la basse-cour et
emmena les enfants dans le jardin. Il était
bien joli ce matin-là. On était au mois de mai,

les lilas commençaient à passer, mais les aubé-
pines blanches et roses étaient couvertes de
fleurs. En se promenant, Robert et Marthe
demandaient à leur cousine le nom de tous les
arbres et de toutes les plantes. Claire, de son
côté, leur faisait des questions et riait en
voyant qu'ils confondaient les poireaux avec
les carottes et les choux avec les laitues.

« Comment fais-tu, disait Robert, pour ne
jamais te tromper ?

CLAIRE.

Je fais attention, voilà tout. Quelquefois il
n'y a que de petites différences entre les plantes, et si on ne les regardait pas bien, on ne les
verrait jamais. Tiens, c'est pour tout la même
chose. Quand on apprend à lire, il faut bien
remarquer que les *m* ont trois jambages et que
les *n* n'en ont que deux.

ROBERT.

Oui, et que les *d* ont leur rond à gauche,
et les *b* à droite.

CLAIRE.

Très bien, Robert; si tu t'habitues à avoir de l'attention, tu apprendras, presque sans peine, une quantité de choses. »

Au tournant d'une allée les enfants virent que Pierre, le jardinier, travaillait à abattre un arbre mort. Il avait fait un trou tout autour de cet arbre qui était un vieux poirier, puis il en avait coupé les racines ; maintenant il donnait de grands coups de hache au pied de l'arbre. Jacques, le journalier, l'aidait et, quand l'arbre fut près de tomber, Pierre fit éloigner les enfants et tira avec Jacques une corde qu'il avait eu soin de nouer à la plus grosse branche. L'arbre se courba, se courba, les hommes continuèrent à tirer sur la corde, si bien que le vieux poirier fit la culbute, la tête en bas et les pieds en l'air.

Pierre se baissa pour le regarder :

« Tiens, dit-il, un nid ! et un petit dedans ; c'est un chardonneret. »

Les enfants tendaient les mains pour prendre l'oiseau, mais Pierre jugea plus prudent de le donner à Claire.

« Pourrons-nous l'élever ? » demanda la jeune fille.

PIERRE.

Peut-être bien, mais il faudra beaucoup de soins, parce qu'il est tout jeune.

Claire rentra vite avec ses cousins pour montrer sa trouvaille à Mme Delorme, et la grand'mère eut la bonté de monter au grenier pour y chercher une cage. La cage se trouva ; elle était en assez bon état, seulement le ressort de la porte s'était détraqué et on l'avait remplacé par un petit crochet en fil de fer. Claire, qui tenait toujours le chardonneret dans sa main, le mit au fond de la cage et referma la porte.

« Vous voilà logé, monsieur Mimi, dit-elle ; à présent nous allons nous occuper de votre dîner. Bonne maman, que faut-il lui donner ? »

La bonne maman envoya Jacqueline acheter chez le boulanger un échaudé ; puis elle

l'émietta, le broya, y ajouta une amande bri-
sée en menus morceaux, mêla le tout, l'humecta avec un peu d'eau et en fit des boulettes,
pas plus grosses qu'un grain de blé. Après
cela elle coupa un bout de branche au jardin
et en fabriqua une brochette, aplatie par un
bout et effilée par l'autre. Elle reprit ensuite
l'oiseau dans sa cage et lui présenta une des
boulettes, posée sur le côté plat de la brochette. Le petit ouvrit le bec, avala la pâtée ;
les enfants battirent des mains.

« Taisez-vous, petits étourdis, dit Mme Delorme, autrement vous lui ferez peur et il ne
mangera plus. »

Les enfants n'osèrent plus ni parler ni bouger, de sorte que le chardonneret acheva tran-
quillement son repas.

« Ce n'est pas tout de manger, il faut boire, »
reprit la grand'mère.

Elle entoura de coton le bout pointu de la
brochette, trempa ce coton dans l'eau et le
présenta au petit oiseau, qui n'eut qu'à le
serrer dans son bec pour se rafraîchir.

Robert était très content et Marthe était ravie. On attacha la cage à une branche d'arbre, et à chaque instant les enfants quittaient leurs jeux pour venir regarder le chardonneret; il sautillait, remuait la tête et semblait très gai et très bien portant.

CHAPITRE III

HISTOIRE DE MIMI

Au bout d'un mois le petit oiseau mangeait tout seul et on lui donnait, pour remplacer sa pâtée, du millet et du chènevis. Ses ailes avaient poussé ; il voltigeait deci et delà, puis se posait sur les perchoirs de sa cage. Marthe l'aimait de plus en plus et Robert en commençant rivalisa de soins avec elle. Mais sa cousine et sa grand'mère prétendaient toujours qu'il effarouchait le chardonneret par ses mouvements brusques ou menaçait de l'étouffer en le serrant trop fort entre ses doigts. Comme il était vif et impatient, cela finit par l'ennuyer ; il se dégoûta d'une petite bête si délicate et retourna au bon Milord, qui au moins se laissait bousculer sans s'en porter plus mal.

Marthe ne fut pas fâchée d'être seule maîtresse de Mimi ; elle venait le regarder vingt fois le jour et le trouvait de plus en plus gentil. Il avait cependant un petit défaut : sa vivacité devenait de la turbulence et souvent il bouleversait tout ce qui était à sa portée. Un jour, Marthe trouva le chènevis éparpillé de tous côtés, la mangeoire déplacée, l'eau répandue. Elle gronda Mimi et alla se plaindre de lui à sa grand'mère.

« Il faut lui donner un joujou pour le faire rester tranquille, » dit Mme Delorme.

Elle se procura une tête de pavot et la fixa solidement dans la cage. Cette invention

réussit parfaitement : quand l'oiseau avait
envie de jouer, il s'escrimait contre sa tête
de pavot et ne faisait plus aucun dégât. D'autres fois, c'était une feuille de laitue qu'il prenait plaisir à déchiqueter.

Au commencement de la semaine suivante,
une dame du voisinage, qui avait une petite
fille, emmena Marthe pour faire la dînette avec
elle. Robert, resté seul, se trouva tout dés-
orienté. Sa grand'mère avait des occupations
de ménage qui la retenaient à la maison, et
Claire, enfermée dans sa chambre, travaillait
activement aux devoirs qu'elle devait le lendemain matin présenter à Mlle Herpin, son institutrice.

Le petit garçon, livré à lui-même, s'amusa
d'abord comme il put, sauta à la corde, joua
au ballon, monta sur le dos de Milord, mais
il avait beau s'ingénier, le temps lui semblait
horriblement long. En regardant de côté et
d'autre, il aperçut la cage de Mimi, posée
entre les branches d'un cytise, et il s'en
approcha pour se distraire. Mimi, toujours

lutin, avait mis en pièces sa feuille de laitue, qui était d'ailleurs toute fanée, et Robert eut l'idée de lui en apporter une autre. Depuis un mois il n'avait pas taquiné sa sœur et il commençait à prendre l'habitude d'être prévenant pour elle.

Le cytise sur lequel était posée la cage est un arbuste qui ne s'élève jamais très haut, et Robert vit qu'il pourrait y atteindre. Il alla chercher une chaise rustique, grimpa dessus, leva le crochet qui fermait la porte de la cage, ensuite introduisit sa petite main dans l'ouverture et retira la laitue hachée par Mimi.

« Comme Marthe sera contente en voyant que j'ai bien soigné son oiseau! » se disait-il.

C'était de sa part un sentiment très louable, mais avec de l'étourderie les bonnes intentions ne réussissent pas souvent en ce monde.

Robert descendit de la chaise rustique et courut au potager. Il avait appris à connaître les herbes et les légumes, de sorte qu'il alla tout droit au carré de laitue et y cueillit la feuille la plus fraîche et la plus belle.

Il revint en courant vers le cytise, grimpa sur son escabeau, regarda la cage ; hélas ! elle était vide. Robert, avant de s'éloigner, avait oublié de remettre le crochet qui la fermait, et l'aventureux Mimi, trouvant la porte ouverte, en avait profité pour aller faire un tour de promenade.

Le pauvre petit garçon, à la vue du malheur qui venait d'arriver, perdit complètement la tête. Il laissa tomber sa feuille de laitue, et peu s'en fallut qu'il ne fît trébucher la chaise rustique et ne dégringolât lui-même sur le gazon.

La première minute passée, il reprit un peu courage et se mit à parcourir le jardin dans l'espoir de retrouver Mimi et de le rattraper. Il avait un jour entendu Jacqueline dire qu'on était sûr de prendre un oiseau pourvu qu'on réussît à lui poser un grain de sel sur la queue. Il avait donc commencé par se glisser à la cuisine pour y vider la salière dans sa poche. Mais il vit bientôt que les oiseaux étaient plus fins que lui et il eut beau leur jeter le sel à poignées, il ne put les empêcher de s'envoler à son approche. Il s'assit découragé sur le gazon, où il eut tout le temps de se chagriner et de s'ennuyer ; puis, quand il entendit le coup de sonnette qui lui annonçait le retour de Marthe, il eut peur et se sauva à l'autre bout du jardin, où il se cacha dans un massif d'arbres verts.

La petite fille s'avançait en sautillant et babillant : elle s'était bien amusée ; Émilie lui avait prêté gentiment son ménage de porcelaine dorée. Tout en causant, elle arriva près du cytise.

« Tiens, dit-elle à Jacqueline, pourquoi cette chaise ? Ah ! je comprends, Claire y sera montée pour donner à boire à Mimi. »

Jacqueline leva les yeux et regarda la cage.

« C'est singulier, dit-elle, je ne vois plus l'oiseau. »

Marthe, dans un grand émoi, escalada le siège rustique, plongea son regard au fond de la cage et n'y trouva plus son cher Mimi.

Elle n'y trouva plus son cher Mimi.

« Mon oiseau, mon oiseau! cria-t-elle désolée; qui est-ce qui m'a pris mon oiseau? »

Elle pleurait à chaudes larmes et poussait
des cris perçants.

Mme Delorme quitta la lingerie, Claire descendit de sa chambre, Pierre accourut, un
râteau sur l'épaule.

« Mon oiseau, mon oiseau! » criait toujours
à tue-tête la pauvre Marthe.

Il aurait fallu que Robert fût archisourd
pour ne pas l'entendre; mais plus elle criait,
plus il se cachait.

La grand'mère, ne le voyant pas, se douta
de quelque chose; elle appela bien haut:
« Robert! Robert! Viens me parler tout de
suite, Robert. »

Le pauvre enfant aurait mieux aimé s'en-
foncer dans un trou comme une taupe ou
une souris, mais il avait l'habitude d'obéir et
n'osa pas résister à l'ordre de sa grand'mère.

Il s'avança dans l'allée d'un air si penaud,
si malheureux, que Mme Delorme vit tout de
suite qu'elle avait deviné juste.

« Tu as laissé la porte de la cage ouver[te]
et l'oiseau s'est envolé, » dit-elle à son pe[tit]
fils.

« C'était pour lui donner de la laitue, »
répondit-il d'une voix étouffée. Il allait d[e]-
mander pardon à Marthe avec beaucoup [de]
confusion et repentir, mais la petite fille [ne]
lui en laissa pas le temps.

« Étourdi, nigaud, maladroit ! » lui cri[a]-
t-elle avec colère.

Robert était un bon petit garçon, mais [il]
n'aimait pas à être maltraité.

« Laisse-moi donc tranquille avec ton oiseau,
répondit-il d'un ton bourru ; c'est ta faute s'[il]
s'est envolé ; pourquoi n'avais-tu pas chang[é]
sa laitue avant de partir? elle était sèch[e]
comme du foin. »

MARTHE.

Oh ! le vilain, le méchant frère. Vous l'entendez, bonne maman, ça lui est égal d'avoi[r]
laissé s'envoler mon oiseau.

ROBERT.

Je n'ai pas dit ça.

MARTHE.

C'est tout comme, puisque tu prétends que c'est ma faute. Ah ! Mimi, mon pauvre Mimi, mon cher petit Mimi !

Et la scène de désespoir continua de plus belle.

A la fin, Mme Delorme, voyant qu'il n'y avait pas moyen de faire entendre raison aux deux enfants, prit le parti d'emmener Marthe dans sa chambre, pendant que Claire se retirait dans la sienne avec Robert.

Marthe pleura un bon moment sans que sa grand'mère eût l'air d'y faire attention, puis, quand elle la vit un peu calmée :

« Écoute-moi, dit-elle, est-ce que tu pensais faire rentrer le chardonneret dans sa cage, à force d'injurier ton frère ?

MARTHE, *soupirant.*

Oh non! grand'mère, je ne pouvais pas avoir cette idée-là.

MADAME DELORME.

Alors, pourquoi as-tu donc traité si rudement ce pauvre Robert?

MARTHE.

Parce que j'étais de mauvaise humeur.

MADAME DELORME.

Eh bien, mon enfant, s'il est quelquefois permis d'avoir du chagrin, il est toujours défendu d'avoir de l'humeur.

MARTHE.

J'en voulais à Robert. Il n'avait pas l'air fâché du tout de sa sottise.

MADAME DELORME.

Je suis sûre au contraire qu'il en était désolé. Sais-tu pourquoi il ne te l'a pas témoigné?

MARTHE.

J'ai cru que c'était pour me faire de la peine.

MADAME DELORME.

Tu t'es trompée. Il avait beaucoup de repentir de son étourderie et allait t'en demander pardon.

MARTHE.

Pourquoi ne l'a-t-il pas fait?

MADAME DELORME.

Parce que tu ne lui en a pas laissé le temps.

MARTHE.

Il m'a dit au contraire que c'était ma faute

si Mimi était perdu. Ne trouvez-vous pas que c'est très mal.

MADAME DELORME.

Je conviens qu'il aurait mieux fait de se taire. Il a manqué de patience, mais ne lui avais-tu pas donné l'exemple ? Les mauvaises paroles en attirent d'autres, mon enfant ; si tu avais montré moins d'emportement, ton frère aurait montré plus de regret.

MARTHE.

Vous croyez, grand'mère ? »

Ce ne fut pas la grand'mère qui répondit, ce fut Robert lui-même. Depuis une minute il attendait avec Claire derrière la porte entr'ouverte et, quand il vit que sa petite sœur était radoucie, il vint lui sauter au cou et lui demander pardon.

Cette fois Marthe fut aimable et gentille, elle s'excusa de son impatience et les deux enfants se promirent d'être plus raisonnables à la première occasion.

Le lendemain matin, en se promenant dans le jardin, Claire aperçut au bord d'une allée un petit objet inanimé et se baissa vivement pour le cacher à Marthe ; mais la fillette avait déjà reconnu son cher Mimi.

Il était pourtant bien changé : ce petit être, si gracieux et si vif la veille encore, était raide, immobile, et à moitié déplumé. Était-il mort de faim ? ou bien avait-il été étranglé par un chien ou un chat ? on ne l'a jamais su.

Marthe avait recommencé à pleurer. Elle enveloppa le chardonneret dans deux belles feuilles de platane, puis elle l'enterra dans un endroit bien solitaire, au pied d'un grand tournesol.

Robert essaya de consoler sa sœur en lui disant que Pierre dénicherait facilement un autre oiseau.

« Je n'en veux point, répondit-elle, ce ne serait pas Mimi. »

Avec le temps son chagrin se dissipa, mais elle n'oublia jamais le chardonneret, et quelquefois elle répétait une chanson que Claire lui avait apprise en l'accompagnant au piano. En voici les notes et les paroles :

Mi, mi, fa, ré, mi,
Dormez, mon petit,
Mi, mi, fa ré sol,
Sous le tournesol.

CHAPITRE IV

LA PROMENADE A ANE

La petite Émilie, avec qui Marthe avait fait la dinette, avait un frère appelé Julien. Ces enfants demeuraient dans le voisinage et venaient assez souvent voir Marthe et Robert.

Émilie était douce et gentille, de sorte qu'on s'entendait facilement avec elle. Julien n'était pas méchant non plus, seulement il avait un

vilain défaut. Quand une chose lui faisait plaisir, il ne s'inquiétait pas de savoir si elle amusait les autres et il voulait absolument que tout
le monde lui cédât. Les enfants de ce caractère
s'appellent des égoïstes.

Une après-midi il se trouvait chez Mme Delorme et ses petits amis avaient envie de jouer
à cache-cache ; malheureusement M. Julien
avait une autre idée.

« Non, non, dit-il, c'est ennuyeux ce jeu-là,
j'aime mieux la main-chaude. »

On joua à la main-chaude pour ne pas le
contrarier ; mais Robert l'ayant frappé un peu
fort, il se mit à crier qu'on lui avait fait un
mal affreux et qu'il avait la main toute rouge.

ROBERT.

Eh bien, je vais prendre ta place, ça donnera
à ta main le temps de se guérir.

JULIEN.

Je veux bien, mets-toi à genoux, appuie la
tête sur le banc pour ne rien voir.

ROBERT.

J'y suis, j'ai les yeux bien bouchés; commencez.

Claire, qui passait en ce moment dans le jardin, se mit de la partie et chatouilla du bout du doigt la main ouverte de Robert; elle marchait très légèrement et le petit garçon ne l'avait pas entendue venir. Aussi il crut que c'était Émilie qui l'avait touché, puis, quand Émilie lui donna une petite tape, il s'imagina que c'était Marthe; mais lorsque Julien s'en mêla, il n'eut pas de peine à le deviner : il avait reçu un si vigoureux coup de poing que sa main en était tout engourdie.

« C'est Julien ! » cria-t-il.

JULIEN.

Tu as triché, tu as regardé de ce côté, je vais te bander les yeux.

ROBERT.

Je n'ai pas triché, mais je veux bien me

laisser bander les yeux, à condition que tu ne
taperas pas si fort.

Au bout d'un moment Julien voulut chan-
ger de jeu. Il serait le postillon, les autres les
chevaux. Robert et les deux petites filles s'atte-
lèrent à la longue lisière rouge. On partit en
courant, les grelots sonnaient, c'était très
amusant.

Ah! mais à quoi pensait donc Julien? Il
fouettait pour tout de bon. Il avait cinglé la
joue d'Émilie, écorché le cou de Robert. Décidément, comme cela, ce n'était plus amusant
du tout; on n'avait pas la peau aussi dure que
les vrais chevaux après tout; il ne fallait pas
fouetter si fort.

Quelques jours plus tard, on arrangea une
promenade à âne; les enfants étaient enchantés de cette partie. On amena les baudets dans
la cour de Mme Delorme. Il y en avait quatre,
conduits par un ânier de quinze ou seize ans,
qui s'appelait Laurent.

« Mon garçon, lui dit Mme Delorme, fais
d'abord avancer l'âne aux paniers. »

Laurent obéit et amena cet âne-là devant le perron ; alors la grand'mère prit Marthe dans ses bras et la posa dans l'un des paniers, pendant que Jacqueline mettait Émilie dans l'autre.

MADAME DELORME.

Êtes-vous bien, mes petites? rien ne vous gêne-t-il? Allez donc chercher les deux coussins qui sont sous le canapé, Jacqueline ; vous les mettrez au fond des paniers et ces enfants seront mieux assises. Ah! regardons si la sangle est assez serrée. Oui, tout va bien. Faites marcher l'âne, Laurent. A votre tour de monter, messieurs.

Robert et Julien s'avancèrent, ils étaient trop grands garçons pour voyager comme leurs sœurs, et leurs montures portaient de vraies selles en cuir jaune, avec des pommeaux et des étriers. Robert, qui était arrivé le premier, s'approchait déjà de l'un des ânes et posait son pied sur l'étrier, lorsque Julien se précipita pour l'arrêter.

JULIEN.

Ne prends pas celui-là, je t'en prie, c'est moi qui veux m'en servir.

ROBERT.

Pourquoi donc? tu es vraiment trop capricieux.

JULIEN.

Et toi, tu n'es guère complaisant. Qu'est-ce que cela te fait que je prenne l'âne gris au lieu de l'âne brun?

ROBERT.

Eh bien! et toi? Qu'est-ce que ça peut te faire que je prenne l'âne brun au lieu de l'âne gris?

JULIEN.

Ça me fait plaisir d'avoir le gris, c'est mon idée, je ne sais pas pourquoi.

Julien le savait très bien au contraire, mais il ne voulait pas en convenir. Il tenait à l'âne gris parce qu'il était plus grand, qu'il paraissait plus vif et qu'il avait un beau poil lustré, tandis que l'autre, beaucoup plus petit, avait un poil sale et bourru et même une place toute pelée près du cou.

« Allons, dit Robert, qui voulait en finir : prends ton âne gris et n'en parlons plus. »

Les deux petits garçons montèrent lestement sur leurs bêtes, ensuite Claire s'installa sur une selle à la fermière et Mme Delorme donna le signal du départ.

« Obéissez bien à Jacqueline, dit-elle. Claire, tu veilleras un peu sur les deux cavaliers; Laurent, je vous recommande les petites filles. »

Les ânes trottaient déjà; Laurent les suivait en courant.

« Oh! les petits fous! criait Jacqueline; voulez-vous bien aller moins vite; vous allez vous casser le cou. »

Mais les enfants ne l'écoutaient guère. Émilie et Marthe s'étaient fait couper par Laurent de petites branches d'arbre; elles en frap-

paient légèrement le cou de leur âne et cela
servait à la fois de fouet et de chasse-mou-
che. Robert et Julien avaient aussi des ba-
guettes à la main et donnaient en outre à
leurs baudets de bons coups de talon. Ce
moyen réussissait parfaitement à Robert et
son vilain petit âne brun courait à dix pas
devant les autres; mais Julien était furieux,
parce que le sien restait toujours à la queue
de la caravane. Il le fouaillait, le talonnait,
rien n'y faisait : l'animal ne paraissait pas seulement s'en apercevoir et continuait à marcher à petits pas avec une grande dignité.

« Laurent, cria Julien, venez donc toucher
mon âne. Oh! l'entêté, le vilain paresseux!
veux-tu bien trotter tout de suite? Non, tu
ne veux pas! Eh bien! tiens, tiens, tiens,
voilà pour te faire bouger. »

Et le petit garçon tapa à tour de bras sur la
malheureuse bête.

«Ah! mais, monsieur, dit Laurent, il ne
faut pas maltraiter comme ça mon bourriquet; vous allez l'assommer, et qui est-ce qui

portera nos provisions à la ville, après ça?
C'est pas vous, pour sûr; alors un peu de
patience; vous arriverez tout de même, rien
ne vous presse. »

Mais Laurent avait beau dire, Julien ne
pouvait pas se résigner à se voir toujours le
dernier de la bande; aussi il profita de ce que
Laurent cueillait au bord de la route des fleurs
pour les petites filles et se mit à frapper sur
son âne encore plus fort qu'auparavant.

Maître Grison, pour se venger, d'abord s'arrêta tout net, et ensuite se coucha au beau
milieu du chemin.

Julien aurait pu y rester longtemps avec
lui, parce que, se trouvant un peu éloigné, personne ne le voyait, mais Claire, qui s'occupait
toujours des autres, se retourna pour savoir
ce qu'il devenait et s'aperçut de sa mésaven-
ture. Elle en fut un peu inquiète et appela
Laurent, en lui disant d'aller bien vite au
secours de monsieur Julien qui venait de
tomber.

JULIEN, *en colère.*

Non, mademoiselle, je ne suis pas tombé;
il n'y a que les maladroits qui tombent, et je
ne suis pas maladroit. Je suis solide au contraire, je sais bien me tenir. C'est ce maudit
bourriquet qui veut absolument me faire en-
rager. Il s'est couché comme un veau pour
faire croire que je suis mauvais cavalier. Ah!
vilaine bête, je vais te punir comme tu le
mérites.

« Mon petit monsieur, alla dire Laurent à
l'oreille de Robert; vous êtes plus raisonnable
que votre camarade, montez donc sur le Grison, sans ça il va me l'éreinter et c'est une
bonne bête après tout. »

ROBERT.

C'est lui qui l'a voulu, je devrais le lui
laisser; enfin pour ne pas vous tourmenter,
je vais prendre sa place. Parions qu'il ne se
fera pas prier.

Robert avait raison. Maintenant qu'il voyait

que l'âne brun était meilleur trotteur que
l'autre, Julien trouvait tout simple de l'accepter. Il monta donc avec empressement sur
Brunet, et il eut alors la joie de dépasser ses
amis et de trotter de temps en temps. Il se
redressait, se retournait pour voir si on l'admirait ; il eut même envie de se moquer de
Robert, mais il se retint, de peur que Robert
ne le forçât à reprendre l'âne gris.

Tout alla bien pendant une demi-heure. Le
chemin traversait un bois touffu où l'on était
à l'abri du soleil et où l'on respirait la bonne
odeur des arbres verts et des menthes sauvages. C'était vraiment très agréable. Au bout
du bois on devait trouver la ferme où la mère
Simon servirait aux promeneurs un bon goûter champêtre. Les enfants étaient ravis de
cette belle journée. Les petites filles babil-
laient tout en marchant ; Robert caressait son
Grison et le Grison reconnaissant allongeait
un peu le pas. Claire admirait le soleil qui
brillait çà et là entre les feuilles ; elle regardait les touffes de digitales rouges qui crois-

saient en certains endroits; les petits bouquets
bleus des myosotis qui bordaient le ruisseau;
quant à Julien, il ne se souciait pas de toutes
ces jolies choses et se contentait de se pré-
lasser sur son âne comme le roi d'Yvetot.

Malheureusement le Brunet commençait à
se fatiguer et ralentissait le pas; le Grison, qui
avait ménagé ses forces, allait au contraire
un peu plus vite et était tout près de l'atteindre. Cela ne faisait pas le compte de Julien. Un sot amour-propre le tourmentait; il
n'aurait voulu pour rien au monde que son
camarade le rattrapât. Il donna donc brusquement à son âne deux grands coups de
talon sur les côtes, en même temps qu'un
grand coup de baguette sur la croupe. Le
baudet surpris fit un saut, glissa sur une
pierre et finalement s'étendit les quatre fers
en l'air. Julien n'eut pas le temps de se retenir au pommeau de la selle, et il s'en alla
rouler au milieu d'une flaque d'eau formée
par la dernière pluie qui n'avait pas eu le
temps de sécher.

Il s'en alla rouler au milieu d'une flaque d'eau.

Tout le monde se précipita à son secours; on le releva avec inquiétude. Il était dans un piteux état. Ses vêtements étaient tout verdis par l'herbe mouillée et tout crottés par la boue qui se trouvait au fond de la mare; de plus une pierre pointue lui avait déchiré le genou, enfin il avait la figure et les mains écorchées par un buisson d'aubépine qui bordait la flaque d'eau et auquel il avait essayé de se retenir.

Ses petites blessures lui faisaient très mal, et puis il était humilié et furieux de sa chute. Ses larmes coulaient malgré lui sur sa pauvre figure toute saignante, et il n'en était que plus vexé, parce que, par vanité, il aurait voulu prendre un air brave et dégagé.

Claire et Jacqueline le nettoyèrent comme elles purent, mais la boue était trop fraîche pour s'enlever facilement; le mieux était pour le moment de la laisser sécher sur ses habits. Cependant on avait encore vingt minutes de marche avant d'arriver à la ferme, et Julien ne voulait pas remonter sur Brunet. Il ne pouvait pas marcher non plus, parce que sa contusion au genou le faisait fortement boiter. Claire lui offrit sa selle à la fermière, mais il refusa, ne voulant pas avoir l'air d'une petite fille. Tout boudeur il s'asseyait déjà sur un tronc d'arbre en disant qu'il aimait mieux rester là et attendre le retour des autres; mais Robert, au lieu de lui faire remarquer qu'il n'avait dans tout cela que ce qu'il méritait, vint lui offrir gentiment de prendre sa place sur le Grison.

« Et toi? répondit Julien touché de sa bonté, comment feras-tu?

ROBERT.

Moi je marcherai, je n'ai pas mal au genou.

LAURENT.

Il y a une autre manière de s'arranger, mon petit monsieur : vous allez monter en croupe sur le Grison; il n'est pas bien vif, mais il est fort comme un cheval, et il vous portera facilement tous les deux.

JULIEN.

Oui, c'est cela, monte en croupe, autrement je reste. Y es-tu? Bien, maintenant tiens toi à ma ceinture pour ne pas glisser.

ROBERT.

Bah! si je glisse, comme je n'ai point d'é-triers pour m'embarrasser, je me retrouverai sur mes pieds. »

Il se laissa glisser en effet très adroitement et sans nul accident, puis reprit sa place der-rière son camarade.

« Vous y êtes? demanda Laurent; houp, houp, Grison! et point de caprice, mon ami. »

Le trajet s'acheva gaiement, et quand la petite bande arriva à la ferme, Mme Simon s'empressa de servir un beau fromage à la crème et des fraises bien fraîches. Elle pré-senta d'abord à Julien la jatte en faïence peinte qui contenait le fromage, et la petite

Émilie en fut effrayée, parce qu'elle pensa que son frère allait comme à l'ordinaire s'emparer pour lui tout seul de la moitié du goûter, mais il se servit cette fois avec beaucoup de discrétion. Puis, quand Mme Simon apporta les fraises, il laissa ses amis se servir comme ils voulurent, sans dire une seule fois ce vilain mot qui auparavant revenait si souvent dans sa conversation :

« Et moi? Et moi? »

Oh! ceux qui disent *moi*, on n'est guère porté à s'inquiéter d'eux, et c'est assez juste, puisqu'ils ne s'inquiètent jamais des autres. Aussi les voit-on toujours tristes et mécontents; ils n'ont point d'amis, et malgré tout leur orgueil ils n'ont pas non plus la consolation d'être satisfaits d'eux-mêmes. Julien commençait à le sentir, et Claire eut soin de le lui faire encore mieux comprendre. Il prit donc, le jour de cette promenade, la résolution de se corriger, et quelque temps après, Mme Baudoin, sa mère, disait à Mme Delorme :

« Julien m'inquiétait autrefois par son ca-

ractère égoïste et vaniteux, mais c'est éton-
nant comme il s'est amélioré depuis la fameuse
course à âne. »

CHAPITRE V

LA PETITE PARESSEUSE

On ne peut pas tous les jours faire des par-
ties de campagne, et nous ne sommes pas au
monde pour jouer, mais pour travailler. Robert avait sept ans passés et Mlle Herpin, l'institutrice de Claire, lui donnait trois leçons
par semaine. Tous les matins il montait à la
salle d'étude et se mettait à écrire des devoirs

de français et de calcul, pendant que sa cousine s'occupait de ses thèmes anglais et de ses
résumés d'histoire.

Quant à Marthe, qui restait seule avec sa
grand'mère, elle s'ennuyait beaucoup, parce
qu'elle ne s'occupait à rien et que le désœuvrement est une chose insupportable.

Un certain jour, le temps lui parut encore
plus long qu'à l'ordinaire. Mme Delorme avait
des lettres à écrire et des comptes à régler, et
elle avait bien recommandé à sa petite fille
de ne pas la déranger.

Que faire? Marthe avait oublié sa poupée à
Paris et il pleuvait à verse depuis un moment.
Elle s'approcha de la fenêtre et regarda tomber la pluie pour se distraire; mais c'était bien
monotone : au bout de dix minutes elle en eut
assez et retourna s'asseoir sur sa petite chaise
au milieu de la chambre.

Mme Delorme, qui venait de cacheter une
lettre, leva les yeux et remarqua l'air ennuyé
de sa pauvre Marthe.

« Tiens, lui dit-elle, tu vas, pour t'occuper, regarder les images de ce joli petit livre. »

La petite fille est enchantée ; elle aime beaucoup les images et il y en a dans ce livre presque à toutes les pages ; elles sont coloriées, c'est bien plus beau que les noires. On y voit des animaux jaunes et bruns, des oiseaux de toutes les couleurs et puis une petite fille en robe rose et un petit garçon en veste bleue. Il y a aussi une dame en costume vert clair et un monsieur en paletot marron. Marthe voudrait bien savoir l'histoire de ces personnes-là et le nom des animaux. Elle a reconnu le chien, le chat, le cheval et l'âne, la poule et le canard qu'elle voit tous les jours ; quant aux autres, comment les appelle-t-on ? Il lui semble qu'elle leur a donné du pain au jardin des Plantes, mais il y a très longtemps de cela, puisque c'était avant la maladie de sa maman. Si elle pouvait demander quelque chose à sa grand'mère, elle saurait à quoi s'en tenir. Elle regarde Mme Delorme ; elle est toujours penchée sur son secrétaire, et Marthe n'ose pas la questionner : il faut tâcher de comprendre toute seule. Elle tourne deux ou trois pages, la voilà encore plus intriguée. Elle voudrait tant savoir pourquoi le monsieur gronde le petit garçon et pourquoi la petite fille se sauve en voyant cette grosse bête venir de son côté :

« Grand'mère? » dit-elle à mi-voix.

Mme Delorme n'a pas entendu, ses comptes n'en finissent pas ; Marthe commence à s'ennuyer beaucoup. Sans le vouloir elle se remue sur son tabouret, qui se déplace et fait du bruit.

« Tiens-toi donc tranquille, mon enfant, dit Mme Delorme.

MARTHE.

Grand'mère, c'est que je ne sais pas pourquoi ce monsieur ?...

MADAME DELORME.

Je t'ai déjà dit de ne pas me questionner : tu vois bien que je suis occupée. »

Elle tourne deux ou trois pages, la voilà encore plus intriguée.

Marthe baisse la tête en rougissant. Décidément son livre n'est pas aussi amusant qu'elle croyait ; elle le pose sur un fauteuil et retourne près de la fenêtre. Il pleut toujours : que c'est impatientant ! Et Mlle Herpin qui ne s'en va jamais ; sa leçon est deux fois plus longue aujourd'hui qu'à l'ordinaire. On ne peut pas se figurer comme le temps paraît long aux petites filles les jours de mauvais temps et quand elles n'ont personne pour jouer avec elles.

Marthe s'occupe un petit moment à regarder une mouche qui se promène sur la vitre, mais tout à coup la mouche s'envole et se cache dans un pli du rideau ; pas moyen de savoir ce qu'elle est devenue.

Ah ! cette fois, Mme Delorme a fini ses comptes, elle ferme son secrétaire ; quel bonheur !

MARTHE.

Grand'mère, pourriez-vous me dire pour-quoi le monsieur ?...

MADAME DELORME.

Oui, ma chère petite, je pourrais te le dire ; seulement je ne te le dirai pas.

MARTHE.

Oh ! grand'mère, je vous en prie, vous me ferez tant de plaisir !

MADAME DELORME.

Je n'en doute pas ; je te ferais plaisir, mais je te rendrais un très mauvais service.

MARTHE.

Je ne comprends pas, grand'mère.

MADAME DELORME.

C'est pourtant bien facile. Tous les jours on peut avoir besoin de savoir ce qui se trouve dans un livre ou dans une lettre et on ne trouve pas tous les jours, ni surtout à tous les moments, des personnes disposées à vous faire la lecture. Le mieux est donc de se mettre en état de se tirer d'affaire par soi-même. Est-ce que tu n'as pas honte, dis-moi, de n'en être encore qu'au *b a ba* quand tu vois toutes les petites filles de ton âge lire couramment de jolies histoires ?

MARTHE.

Ce n'est pas ma faute, grand'mère, maman est tombée malade et ne m'a plus donné de leçons.

MADAME DELORME.

Sais-tu pourquoi elle a cessé de t'en donner ?

Marthe s'en doute bien un peu, mais elle aime autant ne pas l'avouer et elle répond que sa maman ne le lui a pas dit.

MADAME DELORME.

Eh bien ! moi, je l'ai facilement deviné : c'est parce que tu la fatiguais horriblement. Tu ne t'appliquais pas du tout, tu ne faisais que bâiller ou remuer et tu la forçais à répéter dix fois la même chose. Elle n'était pas assez forte pour supporter cela, elle a été forcée de renon-

cer à te donner des leçons, mais je sais qu'elle
a beaucoup de chagrin de voir que sa chère
petite fille reste toujours ignorante et paresseuse.

Marthe pousse un gros soupir, car elle aime
beaucoup sa mère, et elle est vraiment très
fâchée de lui avoir fait de la peine. Elle a bien
envie de prier Mme Delorme de lui apprendre
à lire ; mais, d'un autre côté, c'est si ennuyeux
les leçons ! Quel parti prendre ? Grand'mère
est très bonne certainement, mais une fois
qu'on lui a promis quelque chose, il faut absolument lui tenir parole. C'est terrible, cela ;
mais de chagriner sa maman, c'est bien triste
aussi.

Mme Delorme ne dit rien depuis un moment ;
elle regarde Marthe et on dirait qu'elle a deviné tout ce qu'elle pense, car elle reprend :

« Allons, je vois que Marthe n'a pas beaucoup de courage et je vois aussi ce qui arrivera
l'année prochaine. C'est que sa maman, pour
lui faire rattraper le temps perdu, sera obligée
de la mettre en pension. »

En pension? Vraiment oui, grand'mère a raison, Marthe se rappelle maintenant qu'elle a entendu sa maman parler de cela à une dame de ses amies ; la petite fille n'y avait plus pensé, mais les grandes personnes ont de la mémoire et Mme Lorin s'en souvient certainement.

Marthe serait désolée de quitter sa mère, de ne plus jouer avec Robert; il faut qu'elle se décide. Elle demande à Mme Delorme de lui donner des leçons et promet de bien s'appliquer. Mme Delorme fait ses conditions : elle ne veut point de caprices, point d'interruptions ; à son âge on ne peut s'occuper que des enfants tout à fait raisonnables.

Marthe se soumet à tout ce que sa grand' mère exige, et dès le lendemain les leçons recommencent. Les jours de pluie, elles font passer le temps et n'ennuient pas trop; mais les jours de beau temps, c'est autre chose. Ah ! si on n'avait rien promis, comme ce serait amusant d'aller caresser les petits chats de Blanchette que l'on voit de la fenêtre se

chauffer au soleil, ou bien de sauter dans les
allées du jardin à côté de Milord, qui n'a jamais été si gai !

Mais la petite Marthe avait promis, et pendant deux mois elle fit de grands efforts. Sa
grand'mère était très patiente et l'encoura-
geait par de petites récompenses, et puis Marthe prenait peu à peu l'habitude de l'applica-
tion. Bientôt elle avait pu lire des mots séparés,
elle arriva ensuite à comprendre des phrases,
enfin à remarquer les points et les virgules.

Quand elle en fut là, Mme Delorme la fit un
un beau matin habiller soigneusement par sa
cousine, puis l'emmena à la gare et prit deux
billets pour Paris. Marthe était enchantée, car
elle venait de comprendre qu'elle allait faire
une visite à sa mère.

Une fois à Paris, elle sautillait sur place et
aurait bien voulu courir à toute vitesse jusqu'à la rue de Milan, mais Mme Delorme, qui la
tenait par la main, la priait en souriant de se
calmer un peu, parce qu'elle ne pouvait la
suivre.

Enfin on arriva, et au bout de l'escalier
Mme Delorme lui rendit la liberté ; alors la petite
fille grimpa les trois étages aussi lestement
qu'aurait pu le faire Blanchette, et ensuite
tira le cordon de la sonnette, ce qui aurait été
beaucoup plus difficile pour la chatte.

La bonne vint ouvrir et Marthe se précipita
du côté de la chambre à coucher. On n'avait
pas averti Mme Lorin de cette visite, cependant
elle reconnut tout de suite le bruit des pas de
sa petite fille et ouvrit bien joyeuse la porte de
sa chambre. Marthe se jeta au cou de sa chère
maman et l'embrassa une quantité de fois : il
y avait si longtemps que cela ne lui était arrivé !

Quand Mme Delorme fut entrée à son tour,
la conversation commença. Les sujets ne manquaient pas ; on avait à parler de Claire et de
Jacqueline, de Robert et de Julien, d'Émilie
et de Mlle Herpin. Et les dînettes donc, et les
courses à âne, et mille autres choses ! Eh
bien ! Marthe n'était pas bavarde ce jour-là ;
elle avait un petit air grave tout à fait comique

et quelquefois elle s'arrêtait court au beau milieu d'une phrase. C'est que Marthe avait un secret, et rien n'est si difficile à garder qu'un secret. Elle parvint cependant à se contenir jusqu'à l'arrivée de M. Lorin. C'était lui qu'on attendait; il embrassa sa petite fille, puis s'assit à côté de sa belle-mère.

Le cœur de Marthe battait bien fort : le moment était venu, le moment de la fameuse surprise à laquelle elle avait pensé depuis si longtemps.

Elle regarda fixement sa grand'mère qui lui répondit par un petit signe de tête, et alors Mme Delorme alla chercher son sac de voyage qu'elle avait posé en entrant sur un guéridon.

« Je vous ai apporté le dernier numéro de mon journal, dit-elle en fouillant dans le sac ; on y parle de notre ami, le capitaine Cardec. Quel ennui ! j'ai oublié mes lunettes, je n'en fais jamais d'autre. Heureusement que je sais l'endroit. Tiens, petite, c'est ici : Dernières nouvelles. »

M. et Mme Lorin n'y comprennent rien et ouvrent de grands yeux ; mais la petite fille a compris, elle. Déjà elle a pris le journal des mains de sa grand'mère et la voilà qui lit d'une voix claire les phrases suivantes :

« On nous écrit de Cherbourg : Le capitaine Cardec, commandant du *Jean-Bart* est entré hier en rade après une pénible traversée. Nous donnerons demain quelques détails sur les aventures de ce brave marin. »

« Oh ! ce bon ·capitaine ! oh ! ma chère petite Marthe ! » se sont écriés M. et Mme Lorin, et tous deux ils embrassent de tout leur cœur la petite fille, qui est complètement payée de ses efforts en voyant la joie qu'elle vient de causer à ses parents.

« Ce cher Cardec, reprend M. Lorin, je vais lui écrire que c'est sa petite amie qui nous a lu l'annonce de son retour. »

Tout le monde est heureux, Mme Lorin se porte déjà mieux et le bonheur qu'elle éprouve lui donne pour cette journée un air de parfaite santé. On dîne gaiement, et le soir, en

remontant en wagon, Marthe se dit tout bas :
« A présent je vais joliment me dépêcher d'apprendre à écrire. »

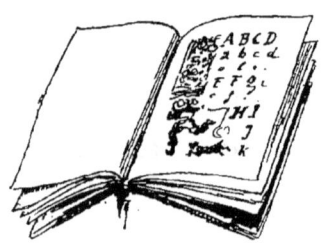

CHAPITRE VI

JARDINAGE ET FRIANDISES

Marthe et Robert passaient une grande partie de leurs récréations à suivre Pierre dans le
jardin et à le regarder travailler. Bientôt l'envie leur prit de semer et de planter comme
lui; pour cela ils avaient besoin d'un jardin à
eux et Mme Delorme voulut bien le leur donner.

Marthe choisit pour le sien un petit coin de

terre abrité et ombragé. Un mur le défendait
contre le vent du nord et le long de ce mur
étaient trois groseilliers assez gros. De petites
grappes vertes pendaient déjà entre les feuilles ; c'étaient les groseilles qui, pour le moment, étaient aigres comme du verjus, mais
qui devaient devenir très bonnes en mûrissant.
Marthe voulait se faire un jardin d'agrément ;
quant à Robert, qui aimait mieux un jardin
de produit, il avait choisi son terrain au midi,
pour qu'il eût beaucoup de soleil et près du
bassin pour pouvoir lui donner beaucoup
d'eau.

Marthe avait ses idées. Elle voulait dans son
jardin des fleurs en quantité, cela va sans
dire, puis une tonnelle où elle pût s'asseoir
à l'ombre, un joli bassin plein d'eau bien claire,
un petit rocher avec de la mousse verte, enfin
des allées tournantes et soigneusement sa-
blées. C'étaient là de beaux projets ; le difficile
était de les réaliser.

Marthe commença par la tonnelle. Pour
cela elle s'efforça d'arrondir en berceau les

branches du groseillier et passa une demi-heure
à ce travail, mais ce fut du temps perdu. Elle
essayait d'attacher les branches avec de la
ficelle et voici ce qui arrivait : quand elle
courbait trop les branches, elles se cassaient
net, et quand elle ne les tenait pas assez ser-
rées, elles lui échappaient et lui donnaient en
se redressant de petits soufflets. C'était peu
agréable. Il y en eut une, plus pointue
que les autres, qui lui fit une égratignure à
la joue et Marthe trouva que c'était tout à
fait ennuyeux.

Elle quitta sa tonnelle et se mit au bassin.
C'était plus simple : on n'avait qu'à creuser la
terre, puis à y verser de l'eau. Marthe fit donc
un grand trou rond, l'aplanit avec sa bêche,
et ensuite alla chercher son petit arrosoir que
Pierre avait rempli. Elle vida avec empressement son eau dans le trou. Cela allait bien,
elle était très contente ; l'eau était un peu trou-
ble, mais elle allait s'éclaircir. La petite fille
la regardait avec beaucoup d'intérêt et d'attention.

Eh bien ! qu'est-ce qui arrivait donc ? Voilà
que l'eau baissait, baissait à vue d'œil. Pou-
vait-on s'attendre à une chose pareille ? Quel
malheur ! il ne restait déjà plus qu'un peu de
boue au fond du trou. Une minute plus tard
il était complètement à sec. C'était comme si
une personne qui aurait eu grand soif avait
bu d'un seul trait toute l'eau d'une carafe.

Marthe comprenait qu'elle n'était pas assez
habile pour arranger toute seule son jardin ;
elle alla demander du secours à sa cousine.
Claire était très complaisante et très adroite ;
elle réussit en peu de temps à tout ce que
voulait la petite fille.

D'abord elle enfonça deux bâtons à droite
et à gauche des groseilliers, puis elle fixa au
bout de ces bâtons une baguette flexible de
noisetier qu'elle eut soin de choisir assez longue pour lui donner une forme arrondie ;
après cela elle n'eut plus qu'à ramener sur
cette baguette le bout des branches des groseilliers, à les y lier avec des brins d'osier et la
tonnelle se trouva faite. Marthe enchantée

Elle enfonça deux bâtons à droite et à gauche des groseilliers.

put y placer sa petite chaise rustique et venir s'y asseoir à l'ombre. Il fallait seulement qu'elle eût soin de se baisser un peu pour entrer.

Quant au bassin, ce fut encore plus vite fait. Claire utilisa le trou creusé par Marthe et y plaça un vieux mortier de pierre qui servait autrefois à piler les légumes, mais que Jacqueline avait mis au rebut parce qu'il était un peu ébréché. L'eau cette fois ne s'enfuit pas et elle resta claire comme du cristal. C'était déjà charmant; mais lorsqu'on eut semé au fond du bassin de jolis coquillages et qu'on y eut apporté deux mignons poissons rouges, pêchés dans l'étang de Mme Delorme, Marthe regarda l'ouvrage de sa cousine comme la huitième merveille du monde.

Le rocher l'embellit encore ; il fut fait avec des pierres de toutes les formes et de toutes les couleurs ramassées à droite et à gauche. Marthe en remarqua une qui était fort jolie.

MARTHE.

Qu'est-ce que c'est que cette pierre-là, Claire? Vois donc comme elle brille au soleil; on dirait des diamants.

CLAIRE.

En effet, elle a beaucoup d'éclat. Ce qui te paraît des diamants, ce sont des lamelles de mica. Détaches-en une; vois-tu comme elle est transparente?

MARTHE.

Oui; je vois au travers. Est-ce qu'on ne pourrait pas s'en servir pour faire des vitres?

CLAIRE.

Pas dans notre pays, où les plus belles feuilles sont tout au plus de la grandeur de ma main: mais dans un autre pays, très froid et très loin d'ici, qui s'appelle la Sibérie, on trouve du mica long de plus d'un mètre et large à proportion, qui sert à garnir les fenê-

tres et les lanternes de voiture et d'apparte-
ment.

MARTHE.

Tu dis que c'est loin la Sibérie ; est-ce plus
loin que Paris ?

CLAIRE.

Cent fois plus loin, peut-être mille fois. La
neige y couvre la terre pendant les trois quarts
de l'année ; alors les voitures n'y peuvent
marcher et l'on se sert pour voyager de traî-
neaux, auxquels sont attelés des animaux
qu'on nomme des rennes.

MARTHE.

Alors c'est toujours l'hiver dans ce pays-là ?
Je ne m'y plairais pas, j'aime bien mieux le
nôtre.

CLAIRE.

Il est, en effet, beaucoup plus beau et plus
agréable. Mais en babillant nous oublions
notre rocher ; remettons-nous vite à l'ouvrage.

Tu vas m'aider à placer les pierres ; tàchons
que cela ait l'air naturel. Tiens, pose cette
grande pierre brune près de l'eau, mets au-
dessus notre mica pour qu'il soit bien en évi-
dence ; là, de côté, ces pierres blanches et
véinées qui ressemblent à du marbre ; maintenant, tout en haut, ces pierres déchiquetées
et pointues ; voilà qui est fait. N'est-ce pas
superbe ?

Claire remplit de mousse verte et de pâque-
rettes blanches tous les intervalles du rocher, puis elle planta avec goût, en différents
endroits, des violettes, des jonquilles, des nar-
cisses et du muguet ; enfin, pour que rien ne
manquât à ce jardin, elle y traça deux petites
allées tournantes et les recouvrit de sable fin.

Marthe était ravie, elle appela toute la famille pour lui faire admirer son paradis ter-
restre. Tout le monde convint qu'il était fort
joli. Les fleurs embaumaient et les poissons
rouges frétillaient et nageaient dans le bassin
sans discontinuer.

Robert seul se permit quelques critiques.

« Des fleurs, c'était joli, mais à quoi cela ser-
vait-il ? Les légumes valaient bien mieux,
puisqu'ils étaient bons à manger. » Si Robert vantait les légumes, c'est qu'il en avait
rempli son terrain. Presque tout le monde
fait comme lui et trouve ses propres idées
bien préférables à celles des autres.

Mme Delorme lui répondit doucement qu'il
ne fallait pas dénigrer les jolies choses et que
le jardin de Marthe avait son mérite. Dieu a
mélangé dans la nature le beau et l'utile : pourquoi voudrions-nous, suivant notre humeur,
supprimer l'un ou l'autre ?

Après cela, pour consoler Robert de sa
petite semonce, elle alla voir son jardin. Il y
avait semé de la graine de laitue et de romaine
qui devait plus tard fournir de bonnes salades,
mais qui pour le moment, sortant à peine de
terre, n'offrait pas un bien agréable coup d'œil.
Il y avait semé aussi des radis roses et du
persil, qui faisaient encore moins d'effet,
puisque, n'ayant pas encore germé, on ne
les voyait pas du tout. Mme Delorme, malgré

cela, lui donna des encouragements. Pour le jardinage, comme pour beaucoup d'autres choses, il faut de la patience et l'on ne peut le même jour semer et récolter.

Quelque temps après, les acacias étaient en pleine fleur. Claire apporta une petite échelle, la posa contre le tronc de l'un de ces arbres et y monta pour cueillir les plus belles grappes qu'elle put atteindre. Elle les déposait à mesure dans un petit panier. Sa récolte faite, elle descendit légèrement de l'échelle et approcha son panier de la figure des enfants.

Oh! que cela sent bon! dit Marthe en enfonçant son petit nez rose au milieu des fleurs; c'est pour faire un bouquet, n'est ce pas?

CLAIRE.

Non, mademoiselle Marthon, ce n'est pas pour un bouquet.

MARTHE.

Pour une couronne alors? Tu me la donneras et je la mettrai sur ma tête. Comme je vais être belle!

ROBERT.

Voyez-vous la petite coquette!

CLAIRE.

J'en suis fâchée, ma pauvre mignonne, mais il faudra te passer de ta couronne.

MARTHE.

Alors je n'y comprends rien; qu'est-ce que tu vas faire de ces fleurs?

CLAIRE.

Devine un peu?

MARTHE.

Mais c'est imposible; tu ne vas pas les jeter, je suppose?

CLAIRE.

Je m'en garderai bien. Allons, je ne veux pas te faire languir, petite curieuse, et je veux bien te dire que j'ai cueilli ces grappes d'acacia pour en faire quelque chose de bon.

Marthe crut que sa cousine plaisantait, mais pour la convaincre Claire l'emmena avec elle à la cuisine. Là elle se fit donner par Jacqueline une grande terrine. Elle y délaya de la farine avec du beurre, de l'eau, un peu d'huile d'olive, deux jaunes d'œuf. Cela fit une pâte légère, où la jeune fille trempa une ou deux branches d'acacia.

Cependant Jacqueline avait mis la poêle à frire sur le feu, le saindoux fumait déjà; on y jeta les branches enduites de pâte et aussitôt la friture se mit à chanter et les beignets à sauter. C'étaient des beignets; les enfants venaient de le comprendre; Claire ne les avait pas trompés en leur promettant quelque chose de bon.

Leur curiosité était maintenant satisfaite; il s'agissait de contenter leur appétit : le dîner était servi et Mme Delorme les attendait. Ils coururent à la salle à manger, pendant que Jacqueline achevait toute seule la cuisson des beignets.

Vers la fin du repas ils vinrent prendre sur

la table la place d'honneur. Ils étaient encore tout bouillants et poudrés à blanc de sucre râpé fin. Les enfants les trouvèrent délicieux et s'en régalèrent on ne peut mieux. Ils étaient enchantés de manger des fleurs, cela ne leur était pas encore arrivé.

Un mois plus tard, on servait à Mme Delorme une belle salade de laitue parsemée de radis roses ; Robert l'avait cueillie le matin dans son jardin et il en était tout fier. La famille la trouva très bonne et fit ses compliments au petit jardinier.

Marthe parlait moins qu'à l'ordinaire et elle avait un air un peu singulier. Au dessert on comprit pourquoi. C'est que ses groseilles étaient mûres et qu'elle en avait rempli un compotier que Jacqueline posa avec solennité au beau milieu de la table. Marthe fut remerciée à son tour, mais Robert, tout en avalant les groseilles qu'il aimait beaucoup, ne put s'empêcher de faire remarquer qu'après tout Marthe n'avait pas eu la peine de les cultiver. Marthe, un peu piquée, cherchait quelque malice à dire à son frère, mais Mme Delorme prit la parole et assura que Marthe en faisant ce cadeau avait eu aussi son mérite.

ROBERT.

Lequel donc, grand'mère, s'il vous plait? Je ne comprends pas.

MADAME DELORME

Le mérite de laisser mûrir ses groseilles; je t'assure qu'à sa place plus d'une petite fille de cinq ans les aurait mangées à moitié vertes.

Robert en convint; Marthe rougit de plaisir et les deux enfants s'embrassèrent, très contents l'un de l'autre ainsi que de leurs récoltes.

CHAPITRE VII

SEMIS ET INSECTES

Les enfants n'avaient pas manqué de montrer leurs jardins à leurs petits amis. Émilie et Julien avaient aussi des jardins et s'en occupaient beaucoup.

« Moi, dit Julien, j'ai commencé comme Robert par cultiver des salades, mais cela

m'ennuie à présent et je vais semer des haricots.

ROBERT.

Pourquoi des haricots plutôt qu'autre chose?

JULIEN.

Parce que c'est plus amusant.

ROBERT.

Pourquoi cela ?

JULIEN.

Je ne veux pas te le dire, mais tu pourras le
voir, si ça peut t'intéresser.

ROBERT.

Quand sèmes-tu?

JULIEN.

Pas plus tard que demain.

ROBERT.

Eh bien! tu m'attendras, je veux voir comment on s'y prend. »

Robert, le lendemain, arriva de bonne heure chez son ami. Julien avait d'avance bêché et sarclé son coin de terre, puis il y avait passé le râteau pour le rendre bien uni. Quand Robert fut là, il traça dans son terrain des rayures droites et profondes de cinq ou six centimètres et y sema ses haricots, en ayant soin de laisser entre chaque grain un petit intervalle. Après cela il ramena la terre sur son semis au moyen du râteau.

C'était fini. Robert, qui l'avait regardé avec attention parce qu'il s'attendait à quelque surprise, fut un peu désappointé.

« Tu sais, dit-il, je ne vois rien d'extraordinaire dans tout ce que tu viens de faire là.

JULIEN.

Je ne t'ai pas promis une chose extraordinaire, je t'ai promis une chose amusante.

ROBERT.

Je ne la trouve pas ennuyeuse; mais pour amusante, il me semble que mes salades. . .

JULIEN.

Tes salades, tes salades, tu n'en sors pas de tes salades. Je n'en dis point de mal, mais n'attaque pas mes haricots.

ROBERT, *riant*.

Oh! les haricots ont du bon, surtout en sauce blanche.

JULIEN.

Et puis ils ont une drôle de manière de pousser, je t'en réponds.

ROBERT.

Ils ne poussent donc pas comme les autres plantes ?

JULIEN.

Tu voudrais me faire parler, mais je ne veux rien te dire, reviens de temps en temps, tu verras. »

La semaine suivante il conduisit son camarade du côté de son jardin ; puis, lorsqu'il n'en fut plus qu'à quelques pas, il lui recommanda de fermer les yeux. Robert obéit et se laissa guider par lui comme un aveugle par son chien. Julien s'arrêta bientôt : « Regarde, dit-il.

ROBERT.

Tiens, quelle singulière chose ! Nous avons mis des grains de haricots dans la terre et les voilà qui sónt sortis de leur trou.

JULIEN.

Il leur a poussé des pieds qui s'enfoncent dans le sol et une tête qui va monter, monter si haut que je serai obligé de l'entourer de rames pour la soutenir.

ROBERT.

Mais est-ce bien le haricot même que tu as semé que je vois là ; celui-ci est fendu par le milieu ; l'autre ne l'était pas.

JULIEN.

Je vais arracher une plante pour te montrer la racine ; vois comme elle est mince, pas vestige de haricot.

ROBERT.

C'est vrai, et tu avais raison, cela est très curieux et très amusant. »

Claire, qui apprenait la botanique, dit alors aux petits garçons que ces deux moitiés de haricot sorties de terre s'appelaient *cotylédons*.

ROBERT.

Coty... cotidé... comment dis-tu ?

CLAIRE.

Co ty lé don. Ce n'est pas plus difficile qu'autre chose. Mlle Herpin m'a appris que c'est un mot grec qui signifié : petite écuelle.

JULIEN.

Petite écuelle ! pourquoi donc ?

CLAIRE.

Peut-être parce que c'est là que les plantes puisent leur nourriture.

ROBERT.

Ah! c'est impayable! Alors les plantes mangent leur soupe dans cette écuelle.

CLAIRE.

A peu près.

JULIEN.

Mademoiselle Claire, est-ce que ce ne sont pas des contes que vous nous faites là?

CLAIRE.

Ce sont si bien des vérités, que si vous enlevez un de ces cotylédons, votre plante végétera, et que si vous les ôtez tous deux, elle périra certainement : elle sera morte de faim. »

Julien voulut en avoir la preuve ; il arracha les cotylédons et il vit bientôt que Claire ne l'avait pas trompé.

D'ailleurs, à la campagne, les enfants avaient à chaque instant l'occasion d'apprendre des choses intéressantes. Ainsi, Robert qui continuait à cultiver des légumes, trouva une fois sur des feuilles de carotte une grosse chenille. Son premier mouvement fut de l'écraser avec son pied, mais sa cousine l'en empêcha et appela Marthe pour la lui montrer. Cette chenille était vraiment très belle ; elle était verte avec des anneaux rouges piqués de points jaunes.

Toute belle qu'elle était, Claire n'aurait pas aimé la prendre avec ses doigts ; elle l'entoura d'une feuille et la mit dans une boîte à dessus de verre. Ensuite elle perça sur les côtés le carton de la boîte avec une grosse épingle pour donner de l'air à la chenille.

Les jours suivants elle lui apportait chaque matin de la feuille fraîche de carotte, et Marthe, en regardant par le couvercle de verre, s'amusait à la voir manger.

Un jour la petite fille fut bien étonnée : elle trouva la chenille occupée à filer. Un fil aussi fin que celui de l'araignée lui sortait de la bouche et elle lui donnait la forme d'une espèce d'œuf transparent.

Le lendemain Marthe crut que la chenille était morte. Elle restait immobile au milieu de l'œuf et ses couleurs étaient remplacées par une teinte d'un gris verdâtre, traversée d'une bande jaune. La petite fille était bien chagrine, mais sa cousine la rassura :

« Console-toi, lui dit-elle, je te promets que bientôt ta chenille revivra beaucoup plus belle qu'auparavant.

MARTHE.

Est-ce que c'est possible? Vois donc, elle est toute racornie : elle a diminué de moitié depuis hier. Est-ce qu'il faut encore lui donner à manger?

CLAIRE.

Non, c'est inutile; elle a perdu l'appétit, elle est comme endormie. Quand les chenilles

sont dans cet état, on les appelle des *chrysalides*.

MARTHE.

Va-t-elle se réveiller bientôt ? Je crois qu'elle
a déjà fait un bon somme.

CLAIRE.

Oh ! c'est une paresseuse ; cela ne lui suffit
pas, elle va dormir encore plusieurs jours.

MARTHE.

Plusieurs jours sans boire ni manger ? Et tu
me réponds qu'elle ne mourra pas ?

CLAIRE.

Je t'en réponds ; tu peux te rassurer sur son
compte et ne plus t'occuper d'elle. »

Malgré cela, pendant quelques jours,
Marthe vint de temps en temps regarder ce
qui se passait dans la boîte vitrée.; mais la
chrysalide ne bougeait pas plus qu'un petit
caillou gris, et cela devenait ennuyeux ; la

petite fille s'en lassa. Elle n'y pensait presque plus, lorsque sa cousine vint la prendre par la main pour la conduire devant sa table à ouvrage sur laquelle était posée la boîte. Marthe y jeta les yeux et resta en extase : la coque transparente était percée, la chrysalide avait disparu et l'on voyait à sa place un papillon magnifique.

C'était comme dans un conte de fée, Marthe n'en revenait pas. Claire lui expliqua que les chenilles deviennent d'abord chrysalides, puis se changent en papillons. Celui-ci avait de grandes ailes jaunes avec des taches et des raies noires; les ailes de derrière avaient de petites pointes qui ressemblaient à des queues d'oiseaux et sur leur bord on remarquait de jolies taches bleues avec des points rouges.

« Vois donc, disait Marthe en montrant une de ces taches, ne trouves-tu pas qu'elle ressemble à un œil? »

C'était vrai. Il fallut montrer ce beau papillon à tout le monde, même à Mlle Herpin qui

venait d'arriver, et l'institutrice dit aux enfants
qu'il s'appelait *Machaon* ou *porte-queue.*

« Mais ajouta-t-elle, si les chenilles sont
faites pour ramper et les chrysalides pour dormir, les papillons sont faits pour voler puisqu'ils ont des ailes, et vous feriez très bien de
rendre la liberté à ce Machaon. »

Cela ne plaisait guère à Marthe : elle aurait
voulu garder son papillon au moins pendant
quelques jours, mais il s'agitait tellement dans
sa maison de verre que ses ailes commençaient
à perdre leurs belles couleurs. Mlle Herpin le
fit remarquer à ses élèves et Marthe se décida
à faire son sacrifice. Elle descendit donc au
jardin et ouvrit la boîte en poussant un
soupir.

Le papillon ne se fit pas prier pour en sortir, il s'envola immédiatement, se promena
dans les airs pendant une minute, puis finit
par se poser sur une belle touffe de roses.

Marthe se rapprochait déjà de la maison
pour aller prendre sa leçon de lecture. Tout
à coup elle s'arrêta en entendant un bruit

Pierre la suivait en frappant son arrosoir du bout de sa bêche.

singulier qui paraissait venir du fond du jardin.

C'était une espèce de musique, mais une musique qui écorchait les oreilles et qui ne semblait bonne qu'à faire danser des ours ou des sauvages. Marthe courut du côté d'où elle venait, et aperçut alors Jacqueline qui tapait sur une grande casserole de cuivre avec une écumoire en fer battu. Pierre la suivait en frappant son arrosoir du bout de sa bêche, tandis que Jacques le journalier choquait l'une contre l'autre sa pioche et sa serpette. Une nuée de mouches jaunâtres volaient en tournoyant devant les musiciens.

« Qu'est-ce qu'il y a donc, Jacqueline? demanda Marthe stupéfaite.

JACQUELINE.

C'est un essaim qui vient de s'échapper de la ruche, mam'selle, et nous courons après lui pour l'arrêter. »

Jacqueline et les autres continuèrent leur chemin en tapant de plus belle sur leurs instruments. Mme Delorme entendit de sa chambre ce charivari, se douta de ce qui arrivait et se hâta de descendre.

MADAME DELORME.

Jacqueline, Pierre, finissez donc, c'est insupportable ; quel vacarme infernal !

PIERRE.

Madame, c'est rapport à l'essaim qui vient de s'en sauver.

MADAME DELORME.

Et vous êtes cause, avec votre affreuse musique, que nous ne pourrons pas le rattraper.

PIERRE.

Faites excuse, madame, feu mon père m'avions toujours dit qu'il fallait faire du train pour retenir les abeilles.

MADAME DELORME.

Et je suis sûre qu'à cause de cette idée vous avez perdu une quantité d'essaims. Voyez, celui-ci est horriblement agité. Ne faites plus le moindre bruit, et suivez-le tout doucement. Quand il se sera calmé, il s'arrêtera, et lorsque vous le verrez posé sur un arbre, de manière à former une grosse grappe, vous lui présenterez une ruche enduite de miel, et il s'y installera sans difficulté.

Les domestiques obéirent, mais les abeilles effarouchées continuèrent à s'éloigner; on avait peine à les suivre.

Tout à coup elles tournèrent l'angle de la maison, et l'on ne put savoir ce qu'elles étaient devenues.

Mme Delorme rentra assez contrariée de la perte de cet essaim.

Pierre et Jacqueline avaient eu de bonnes intentions sans doute, mais ils auraient mieux fait de croire ce qu'elle leur avait dit cent fois que de s'entêter à suivre leur vieille routine.

Le lendemain, Julien étant venu voir son ami, les deux petits garçons montèrent ensemble au grenier pour y chercher un hamac qu'ils voulaient suspendre sous un tilleul. Bientôt on les entendit pousser des exclamations de surprise, puis crier du haut de l'escalier :

« Bonne maman, Madame, Jacqueline, Pierre, Marthe, Claire, Émilie, venez tous, venez vite ! »

On se précipita vers le grenier, et vraiment ce qu'ils avaient découvert valait la peine d'être vu. C'était l'essaim que l'on avait cru perdu.

Profitant d'une fente dans le bois, il s'était introduit entre le volet et la fenêtre du grenier. On le voyait parfaitement à travers la vitre. Il avait travaillé avec une activité étonnante et fabriqué déjà un grand gâteau de cire dans sa ruche improvisée.

Les enfants admirèrent les petites cloisons

appelées *cellules* construites par les abeilles, et dont la forme est si jolie et si régulière.

Mme Delorme leur recommanda de ne pas faire de bruit et de laisser fermée la fenêtre du grenier. En prenant ces précautions l'essaim ne s'envolerait pas, et l'on pourrait suivre jour par jour ses travaux intéressants. En effet on vit peu à peu les cellules se remplir de miel et les petites ouvrières entrer et sortir pour aller chercher sur les fleurs le suc dont elles ont besoin. Si elles s'étaient installées derrière le volet, c'est que leur reine les y avait conduites.

Les enfants étaient dans l'étonnement en apprenant toutes ces choses merveilleuses. Ils n'auraient pas eu l'occasion de les remarquer à la ville, tandis qu'en semant et cultivant ils pensaient à la bonté de Dieu qui fait pousser sur la terre cette multitude de plantes et de fruits qui servent à la nourriture des hommes et des animaux. Ils admiraient sa puissance qui transforme les pâles chrysalides en brillants papillons, sa sagesse qui donne aux

mouches à miel un instinct si extraordinaire,
et leur cœur s'ouvrait à la reconnaissance
envers celui qui a créé toutes choses et que
l'on appelle si justement le *bon* Dieu.

CHAPITRE VIII

LA FENAISON

Les parents de Julien et d'Émilie avaient une grande ferme à quelque distance de la maison qu'ils habitaient ordinairement. Au mois de juin ils invitèrent leurs jeunes amis à venir voir la coupe des foins. Cela leur fit grand plaisir. Cependant, arrivée dans la prairie, Marthe fut très effrayée en apercevant les outils des faucheurs.

« Qu'est-ce qu'ils portent là, au haut de ces bâtons? demanda-t-elle; on dirait des espèces de sabres.

JULIEN.

Ce sont des faulx; elles vont servir à couper le foin: regarde comme les faucheurs se mettent en ligne à trois pas l'un de l'autre.

MARTHE.

Mais ils vont se couper les jambes, je ne veux pas regarder ça.

JULIEN.

Rassure-toi; ces gens-là sont adroits et ne se font presque jamais de mal.

MARTHE.

Oh! tu as raison, je n'ai déjà plus peur. Vois donc, Robert, comme ils arrondissent le bras en même temps et comme l'herbe tombe sous leur faulx.

ROBERT.

Oui, cela va tout seul; il me semble que rien n'est plus facile. Veux-tu que nous essayions tous les deux de faucher, Julien?

JULIEN.

Je m'en garderais bien; c'est facile pour ceux qui l'ont appris; leurs mouvements sont réguliers, et ils savent la manière de s'y prendre; mais pour nous, qui n'y entendons rien, ce serait horriblement dangereux. L'année dernière, Paul Hautoy, un de mes amis, bien plus grand que nous, puisqu'il a près de douze ans, a pris une faulx pendant que nous nous promenions plus loin et que les faucheurs étaient allés dîner. Eh bien! il a coupé sa bottine et son pied avec. Alors il a poussé des cris affreux; nous sommes arrivés; il était tout en sang, et il a été obligé de rester deux mois au lit sans bouger. »

Robert, qui ne pouvait pas seulement demeurer un quart d'heure tranquille, n'eut plus la moindre envie de faucher, mais il s'amusa beaucoup à regarder les travailleurs.

L'herbe coupée formait sur le pré ce qu'on appelle des *ondins*, c'est-à-dire des lignes bien droites et d'un très joli effet. Émilie et Marthe étaient seulement fâchées de voir tomber, en même temps que le foin, une quantité de fleurs des champs. Mme Baudoin leur permit de les cueillir; elles en remplirent leurs tabliers, puis allèrent s'asseoir sur un tas de foin, et en firent de belles couronnes qu'elles posèrent sur leur tête.

Le soir de ce premier jour on avait fauché la moitié de la prairie; le lendemain on défit les ondins avec des fourches et on parsema le foin sur le pré pour qu'il pût sécher exposé au soleil de tous les côtés. Il répandait une bonne odeur qui embaumait toute la campagne. Le soir les faucheurs rassemblèrent avec des râteaux le foin éparpillé et en formèrent de gros tas arrondis par le haut.

Marthe ne comprenait pas à quoi cela servait, il fallut le lui expliquer. C'était une précaution contre le mauvais temps; s'il pleuvait dans la nuit, l'eau glisserait sur les tas de foin et les mouillerait très peu.

Pour cette fois ce fut une précaution inutile; mais le lendemain il faisait une chaleur étouffante le matin, et dans l'après-midi de gros nuages noirs cachèrent le soleil, puis un petit vent frais remua les feuilles des arbres.

« Il va pleuvoir, pour sûr, dit l'un des faucheurs.

— Tu es fin comme Gribouille, lui répondit son camarade, tu annonces la pluie quand elle te tombe sur le nez. Tiens, voilà déjà les premières gouttes. »

A l'instant tout le monde s'empressa au travail. Gervais, le domestique, courut à l'écurie et attela le cheval à une grande charrette qu'il amena ensuite au milieu du pré. En même temps les femmes rassemblaient le foin avec leurs râteaux, puis les hommes le roulaient avec leurs fourches et en formaient de petits paquets qu'ils présentaient à Gervais debout sur la charrette.

Un jeune garçon d'environ treize ans, qui passait en ce moment dans le chemin avec sa sœur un peu plus jeune, voyant que l'orage était proche et que l'ouvrage pressait, vint offrir ses services.

« Les gamins de ton âge ne font souvent que compliquer la besogne, répondit Gervais; mais prends une fourche et je verrai bien vite de quoi tu es capable.

— Moi aussi, monsieur Gervais, je sais faner, dit timidement la petite fille.

— Eh bien! fais-toi donner un râteau et dépêchons-nous, mes enfants, sans quoi toute notre récolte sera perdue. »

Émilie et Marthe regardaient la petite fille avec attention, et il leur semblait qu'elle s'y prenait très bien. Elles ne se trompaient pas; Jeannette était une enfant adroite et laborieuse. Sa mère l'avait de bonne heure habituée au travail, de sorte que, toute jeune

qu'elle était, elle pouvait déjà venir en aide à
sa famille.

Son frère était aussi un gentil garçon, plein
de courage et de bonne volonté. Gervais le
trouva très adroit et très complaisant. D'ailleurs tout le monde travailla avec tant d'activité, que le foin sec put être entassé sur la
charrette, puis abrité sous le hangar avant
que l'orage éclatât.

On avait bien fait de ne pas perdre une
minute, car, à peine avait-on fini, que la pluie
se mit à tomber par torrents. Mme Baudoin
emmena les enfants dans sa chambre, et les
domestiques, ainsi que Jeannette et son frère
Tony, se réfugièrent à la cuisine.

Les petites filles n'étaient pas contentes
du tout de ce mauvais temps; l'averse était
accompagnée d'éclairs et de coups de tonnerre qui leur faisaient une grande peur.
Les petits garçons, qui au fond n'étaient peut-
être pas bien tranquilles non plus, essayaient
de se donner des airs braves en se moquant
de leurs sœurs, et ils voulaient absolu-

ment ouvrir les fenêtres. Heureusement que Mme Baudoin était là pour mettre tout ce petit monde à la raison.

« Mes enfants, dit-elle aux petites filles, rassurez-vous ; les accidents causés par la foudre n'arrivent guère que dans les champs, et puis il faut vous souvenir que Dieu veille sur vous pendant l'orage comme dans le calme. Quant à vous, messieurs, si vous croyez être courageux avec vos bravades, vous vous trompez bien : vous n'êtes qu'imprudents et fanfarons. Jamais il ne faut, pendant un orage, établir de courants d'air, car c'est le moyen d'attirer la foudre. Votre idée d'ouvrir la fenêtre était donc tout simplement absurde. »

Robert et Julien, un peu confus, cessèrent de taquiner leurs sœurs et se tinrent tranquilles dans leur coin. Bientôt les éclairs et les coups de tonnerre devinrent plus rares et plus faibles et au bout d'une demi-heure ils avaient cessé tout à fait ; seulement, comme la pluie ne diminuait pas, Mme Baudoin descendit à la cuisine pour dire à Tony et à Jeannette de ne pas retourner chez eux et de souper avec les domestiques.

TONY.

Vous êtes bien bonne, madame, mais notre mère ne sait pas que nous sommes chez vous et, à cause de cet orage, elle serait inquiète si nous tardions trop à rentrer.

MADAME BAUDOIN.

C'est très bien à vous de vouloir la rassurer; seulement il pleut bien fort, mes pauvres enfants, et vous allez être trempés.

JEANNETTE, *riant et montrant ses pieds nus.*

Nous n'abîmerons toujours pas nos souliers, et quant à nos habits, si madame veut nous prêter un parapluie, nous serons suffisamment à l'abri.

MADAME BAUDOIN.

Au moins vous n'allez pas partir sans souper. Mathurine, donnez une écuelle de soupe
à ces enfants et coupez-leur une bonne part
de lard et de pain. Tiens, mon garçon, ajouta-
t-elle, en glissant une pièce blanche dans la
main de Tony, voilà pour votre demi-journée
de travail.

Les enfants remercièrent Mme Baudoin,
puis Mathurine les installa pour souper à un
bout de la table de chêne.

Julien et Robert s'amusaient du mouvement et des conversations des domestiques.
Ils restèrent avec leurs sœurs à regarder Mathurine aller et venir dans la cuisine.

Elle coupait de longues tranches de pain bis
qu'elle plaçait au fond d'une vaste soupière
brune, puis, de temps en temps, elle jetait
dans la cheminée de grandes brassées de sar-
ment. On voyait alors fumer la marmite
pendue à la crémaillère et où la soupe cuisait

à gros bouillons. Les enfants jetaient aussi quelques coups d'œil du côté de Jeannette et de Tony.

« Tiens, dit Robert, ils n'ont mangé que la moitié de leur pain et de leur lard, et ils regardent ce qui reste d'un air tout drôle.

— Je vais leur demander pourquoi, » répondit Julien.

Les petits faneurs parurent embarrassés de ses questions; enfin Tony se décida à murmurer en rougissant que, si on voulait bien le leur permettre, ils emporteraient le reste de leur souper pour leur mère, leur petite sœur Fanchon et leur petit frère Jeannot.

JULIEN.

Certainement qu'on vous permet; c'est-à-dire que vous allez tout manger : vous avez bien travaillé et devez avoir une faim de loups. Ainsi finissez ce qui est là, et je vais dire à Mathurine de vous servir une autre portion.

TONY.

Oh non! monsieur, ne faites pas ça; je
vous en prie. Maman me gronderait pour sûr.
Elle nous recommande tous les jours de ne
pas être avides et indiscrets. Mme Baudoin
nous a payé notre travail et nous a donné à
souper, c'est déjà bien de la bonté de sa part.

Julien vit qu'il le chagrinerait en insistant.
Il le laissa donc envelopper dans un bout de
papier son reste de lard et de pain bis, puis se
remettre en route avec sa sœur sous le grand
parapluie de Mathurine. Mais dès qu'il fut
parti, il remonta bien vite auprès de sa mère
pour tout lui raconter.

Mme Baudoin loua le bon cœur et la déli-
catesse des petits faneurs. « Leur mère est
très honnête et très laborieuse, ajouta-t-elle;
elle doit les bien élever, et je vois qu'ils pro-
fitent de ses leçons. »

Marthe et Robert ne marchaient pas pieds
nus comme Jeannette et Tony, mais ils étaient
venus chez Mme Baudoin avec des chaussures

et des costumes légers qui n'étaient pas bons pour affronter la pluie et les mauvais chemins.

Il fut donc décidé qu'ils ne retourneraient chez leur grand'mère que le lendemain, et un domestique fut envoyé à Mme Delorme pour l'avertir de ce retard.

Le temps s'était beaucoup rafraîchi ; Mme Baudoin, pour empêcher les enfants de se refroidir, leur fit danser des rondes, et M. Baudoin joua avec eux à la Tour prends garde. Ils s'amusèrent beaucoup et trouvèrent que l'orage était arrivé bien à propos.

Le lendemain matin, le temps était superbe. On en profita pour étendre au plus vite le foin qui était resté en tas.

« Madame, demanda Robert, pourquoi ne l'a-t-on pas rentré en même temps que l'autre ?

MADAME BAUDOIN.

C'est qu'il avait été coupé un jour plus tard et n'était pas encore sec.

ROBERT.

Eh bien ! on l'aurait laissé sécher dans la grange.

MADAME BAUDOIN.

Non, il faut qu'il sèche en plein air. Si on le rentre mouillé, il s'échauffe par la fermentation, s'enflamme et met le feu à la grange.

ROBERT.

Comment, de l'eau fait du feu ? je n'aurais jamais deviné cela.

MADAME BAUDOIN.

Il est probable que personne ne le devinerait non plus. On s'instruit par l'expérience, et surtout on profite de l'expérience de ceux qui sont venus avant nous.

ROBERT.

C'est vrai; ma grand'mère nous dit bien souvent : Croyez-en mon expérience. Jusqu'à présent je n'avais pas bien compris.

MADAME BAUDOIN.

Eh bien! à l'avenir, quand vous serez tenté de n'en pas croire l'expérience de vos parents, souvenez-vous du foin mouillé.

« Supposons que vous soyez entêté et présomptueux, vous vous diriez : C'est un conte que Mme Baudoin me fait là. Mon foin est humide, c'est vrai, mais il vaut encore mieux le rentrer que de le laisser pourrir sur le pré. Qu'arriverait-il? Votre grange brûlerait avec le foin. Vous verriez bien alors que je disais vrai; mais vous auriez fait cette expérience à vos dépens, au lieu d'avoir profité de la mienne.

ROBERT.

Cela ne m'arrivera pas, j'ai une peur affreuse du feu.

MADAME BAUDOIN.

Et vous avez bien raison, rien n'est plus dangereux. Mais il est temps de retourner

chez votre grand'mère, mes enfants, elle doit
être impatiente de vous revoir. »

Marthe demanda alors à Mme Baudoin la
permission de faire en s'en retournant une
petite visite à Jeannette et à Tony.

Leur maison se trouvait justement tout
près de la route, et Mme Baudoin accorda à
Marthe ce qu'elle désirait. Émilie et Julien
voulurent être de la partie, et ils accompa-
gnèrent leurs amis sous la conduite d'une
bonne.

CHAPITRE IX

LA FAMILLE THIBAUT

Mariette Thibaut, mère de Jeannette et de Tony, habitait une petite maisonnette couverte en chaume. Cette maisonnette n'était pas belle au dedans, mais de loin elle était jolie à voir, parce que des iris et des giroflées avaient poussé sur le chaume.

Mme Thibaut ne se trouvait pas au logis :

elle était allée avec Tony à un quart de lieue
pour sarcler un champ de pommes de terre.
Veuve depuis dix-huit mois, elle avait bien de
la peine à élever ses quatre enfants, et si les
aînés ne l'avaient déjà un peu secondée, elle
n'aurait jamais pu en venir à bout.

Ce jour-là Jeannette la remplaçait à la maison et elle était en train, lorsque la petite
bande arriva, de débarbouiller M. Jeannot.
Cela n'était guère du goût du bambin, aussi il
criait à tue-tête et se débattait comme un dé-
mon. Marthe le trouva bien laid avec ses petits
yeux pleurants et sa grande bouche toute
ouverte. A la place de Jeannette elle n'aurait
pu s'empêcher de lui rendre ses tapes et ses
coups de pied, mais Jeannette ne s'impa-
tientait pas du tout. Elle prenait dans l'une
de ses mains les petites mains du marmot et
de l'autre passait sur sa figure le chiffon
mouillé. Quand ce fut fini, elle démêla, avec
un peigne qui n'avait plus que six ou sept
dents, les cheveux blonds de Jeannot, aussi
fins que de la soie, puis elle embrassa son

Elle était en train de débarbouiller M. Jeannot.

petit frère pour le consoler de cette ennuyeuse
toilette.

Marthe trouva qu'elle le gâtait ; c'est que
Jeannot n'avait que deux ans, et à cet âge il est
assez difficile de faire entendre raison à un
enfant ; mais si l'on ne cède pas à ses petits
caprices, il finit par comprendre qu'il est inutile
d'en avoir. Jeannette, n'ayant plus à s'occuper de son frère, fit à ses visiteurs toutes les
politesses qu'elle put imaginer. Elle leur montra la maison, mais ce fut bien vite fait, et il n'y
avait pas grand'chose à voir dans cette pauvre
demeure. Les murs en étaient tout noircis
par la fumée, et le carrelage s'était, avec le
temps, brisé en mille morceaux. En fait de
meubles, il n'y avait qu'une table, un banc,
une vieille armoire, trois escabeaux de bois,
un lit grossier et une espèce de coffre avec
une paillasse sur laquelle on couchait Jeannot.

Dans la pièce voisine, qui servait de chambre aux enfants, on ne voyait que deux vieux
matelas posés sur des tas de paille. Les nou-

veaux venus, qui avaient toujours vécu dans
des maisons confortables, remplies d'un mo-
bilier commode et élégant, étaient très surpris
de cette misère. Marthe surtout ne s'expli-
quait pas pourquoi on appelait cuisine la
pièce principale. Elle n'y voyait ni rôtissoires,
ni chaudrons, ni casseroles de cuivre ou de
fer battu. Elle voulut savoir ce que cela signifiait et demanda à Jeannette où elle mettait
sa batterie de cuisine.

Jeannette ouvrit alors la vieille armoire et
lui montra une grande marmite et deux ou
trois pots en terre brune, avec cinq ou six
assiettes en faïence ébréchée.

Marthe continuait à ne pas comprendre. La
veille encore elle était allée avec Jacqueline
acheter un beau moule à côtes.

« Dites-moi donc, Jeannette, demanda-t-elle,
si c'est dans votre marmite que vous faites cuire
les gâteaux de Savoie ? » Jeannette ouvrit d'a-
bord de grands yeux étonnés, ensuite elle se
mit à rire de tout son cœur. Fanchon éclata
de rire avec elle. Il n'y eut pas jusqu'au petit

Jeannot qui ne montrât ses jolies petites dents pour imiter ses sœurs.

Marthe était très embarrassée de ces rires, il lui semblait qu'elle avait dû dire une bêtise. Jeannette eut peur de lui faire de la peine et reprit un air sérieux pour lui répondre.

« Mes gâteaux de Savoie, mademoiselle ? Oh ! je n'ai pas besoin de me procurer des ustensiles pour les faire cuire. Je ne sais pas seulement ce que c'est, je n'en ai jamais goûté. »

Ne pas connaître les gâteaux de Savoie, à douze ans ! Voilà encore une de ces choses que Marthe n'aurait jamais imaginées.

Elle demanda à Jeannette ce qu'elle pouvait bien manger alors durant toute l'année, et Jeannette lui répondit que c'était tous les jours de la soupe et des pommes de terre, puis de temps en temps des haricots et des navets quand il en poussait dans le jardin, enfin de gros morceaux de pain avec de tout petits morceaux des fromages que faisait sa mère avec le lait de la chèvre.

Marthe aimait assez les pommes de terre et les haricots, mais pas beaucoup la soupe et pas du tout le fromage, et puis elle était accoutumée à manger de la viande, de la volaille, du poisson, du gibier, de beaux fruits. Évidemment Jeannette ne connaissait pas toutes ces bonnes choses.

« Est-ce que vous n'avez rien de meilleur les jours de fête? lui demanda-t-elle encore?

JEANNETTE.

Oh! que si, mademoiselle, nous avons du lard, et nous l'aimons beaucoup.

MARTHE.

Ce n'est pas mauvais, mais j'aime encore mieux les crèmes et les bonbons.

JEANNETTE.

Vous avez peut-être raison, mais là-dessus je ne peux vous dire mon avis; on n'en a jamais à la maison.

MARTHE.

Pauvre Jeannette, votre maman ne vous gâte pas, à ce que je vois.

JEANNETTE.

Elle aurait bien tort, mademoiselle, de nous donner des goûts de gourmandise et de dépense ; ce serait faire notre malheur. Elle nous dit souvent : « Mes enfants, quand on a du pain et de la santé on doit remercier le bon Dieu. » C'est bien vrai : quand mon pauvre papa a été malade, nous l'avons mieux compris que jamais. C'est alors que la vie a été dure. Maman, obligée de soigner mon père, ne pouvait plus travailler. Elle ne gagnait rien et elle aurait eu besoin de beaucoup d'argent pour payer le médecin et les remèdes. Enfin tout le monde a été bon pour nous : le docteur n'a rien voulu recevoir, d'autres personnes ont remboursé le pharmacien. Malgré cela, il a fallu nous priver beaucoup et nous avons

fait pourtant de petites dettes. Ma mère les
paye peu à peu sur ce qu'elle gagne; vous
voyez bien qu'elle ne peut pas nous donner des
friandises. »

Tout ce que disait Jeannette faisait beaucoup réfléchir les enfants. Ils voyaient qu'à
douze ans elle était déjà une bonne femme de
ménage et une vraie petite mère pour son frère
et sa sœur. Fanchon, qui n'avait que six ans,
rendait aussi de petits services. Pendant que
Jeannette balayait la maison, lavait le linge,
préparait les repas, elle soignait Jeannot, ar-
rangeait les lits. Tony allait en journée avec
sa mère, puis bêchait le jardin, tirait l'eau du
puits, faisait les commissions. Enfin chacun
de ces enfants faisait son possible pour aider
la famille. Ils travaillaient beaucoup, ne s'a-
musaient guère, et pourtant ils avaient l'air
aimable et même gai. Quelle différence avec
tant d'autres qui sont choyés et prévenus, à
qui l'on procure mille jouissances et qui trou-
vent encore des prétextes pour se plaindre et
tourmenter leurs parents !

Comme j'ai souvent fatigué maman par mon tapage ! se disait Robert.

Comme je l'ai ennuyée par ma paresse ! pensait Marthe. Julien de son côté était tout triste en se rappelant son égoïsme et ses exigences. Émilie, la plus sage de tous, trouvait elle-même quelques petits reproches à se faire.

Mme Thibaut rentra au moment où les enfants prenaient congé de Jeannette et des petits. Elle aurait bien voulu leur offrir quelque chose, car si pauvre que l'on soit, quand on a un bon cœur, on aime encore à donner. Pourtant elle avait beau chercher dans la maison, elle ne trouvait rien qui pût leur faire plaisir. Heureusement qu'en les reconduisant elle passa devant une belle touffe d'œillets que Tony avait pris plaisir à cultiver, et elle s'empressa de les cueillir et de faire un joli petit bouquet pour chacun d'eux. Ils lui surent bien bon gré de cette attention et promirent de revenir le plus tôt possible. Ils cherchaient ensemble, en continuant leur chemin, le moyen de lui être utiles, et cette pensée les occupait tellement qu'elle leur faisait oublier la fenaison qui les avait tant amusés.

CHAPITRE X

LA DISPUTE

Les jours suivants Robert et Marthe furent beaucoup plus raisonnables qu'à l'ordinaire. Quand ils avaient à se plaindre de quelque chose, ils pensaient aux petits Thibaut, bien moins heureux qu'eux, et qui trouvaient pourtant le moyen d'être contents de leur sort.

Au milieu de la semaine, ils allèrent avec

leur grand'mère et leur cousine leur faire la visite promise, et Mme Delorme, qui trouva cette famille très intéressante, s'occupa tout de suite de procurer de l'ouvrage à Mariette Thibaut et à ses enfants, qui n'aimaient pas à demander des secours et qui avaient bonne envie de travailler.

Les enfants désiraient aussi faire du bien à ces pauvres gens et Robert acheta une tirelire, en se promettant de la remplir peu à peu avec l'argent qu'il économiserait sur ses semaines. Ce serait pour acheter un costume d'hiver pour Tony. Marthe en fit autant ; mais cela ne lui suffisait pas, elle voulait trouver autre chose.

Que faire ? Demander conseil à Claire : elle avait toujours de bonnes idées, cette chère cousine.

Claire, en effet, trouva tout de suite. Il fallait qu'avant de quitter la campagne, Marthe tricotât une bonne paire de bas de laine pour chacun des enfants. Pendant ce temps-là Claire en tricoterait deux pour leur mère.

C'était très bien inventé. Marthe venait justement d'achever sa première jarretière au tricot et elle ne s'en était pas trop mal tirée. Seulement cet ouvrage ne l'amusait pas beaucoup et elle l'avait fait durer au moins trois semaines. C'est qu'aussi une jarretière cela ne sert pas à grand'chose, tandis que des bas pour des enfants qui ont les pieds nus, c'est joliment utile. Marthe se promit de bien se dépêcher et commença le jour même un bas pour Jeannot. Comme il avait de toutes petites jambes, ce serait encore assez vite fait.

Tout allait d'ailleurs à merveille chaque fois que Claire pouvait s'en mêler, et comme elle ne quittait guère ses cousins, ils étaient devenus beaucoup plus gentils. Vraiment, ils ne s'étaient presque plus querellés depuis la malheureuse aventure du chardonneret. Claire en avait peut-être le mérite, mais ils ne s'en étaient pas encore aperçus.

Un jour, Mme Delorme eut besoin de garder la jeune fille auprès d'elle pour quelques arrangements de ménage, et les enfants allèrent seuls passer l'après-midi chez Mme Baudoin, qui venait d'installer dans son jardin un jeu de quilles et une balançoire. Ils jouèrent aux quilles avec Émilie et Julien; ensuite Mme Baudoin eut la bonté de les balancer elle-même : autrement ce jeu-là aurait bien pu amener quelque culbute; mais tout se passa sans aucun accident et d'une manière très amusante.

La journée finit par un joli goûter servi sous la salle d'ombrage. Tout ce qui s'y trouvait était fort bon, mais Marthe se régala surtout d'un gâteau *mousseline*, aussi léger que son nom. Elle avait bien envie d'en emporter un morceau pour Claire, mais elle n'osait pas le demander. Mme Baudoin devina ce qu'elle pensait, car elle coupa une grosse tranche du gâteau, puis l'enveloppa dans une feuille de papier blanc, en lui disant que ce serait pour sa cousine.

Il était temps de partir et Mathurine fut chargée de reconduire les enfants; mais, à moitié chemin, elle rencontra Jacqueline qui venait les chercher.

« Tenez, dit Mathurine, voilà un morceau de gâteau que Madame a coupé pour Mlle Claire.

ROBERT.

Donnez-le-moi, Mathurine, c'est moi qui veux l'offrir à ma cousine.

MARTHE.

Pourquoi cela, s'il te plaît ? Ce n'est pas toi qui as pensé à Claire.

ROBERT.

Qu'en sais-tu ? Justement, au moment où Mme Baudoin a coupé le gâteau, j'allais le lui demander.

MARTHE.

Ce n'est pas vrai. A ce moment-là, tu jouais avec Julien qui te montrait ses billes.

ROBERT.

Ses billes, ses billes... C'est possible qu'il me les montrât, mais je ne les regardais seulement pas.

MARTHE.

Tu oses dire que tu ne les regardais pas, quand j'ai vu que tu en choisissais deux que Julien t'a données et qui sont encore dans ta poche.

ROBERT, *embarrassé.*

C'est possible; mais quand même j'aurais regardé les billes, cela ne m'aurait pas empêché de penser au gâteau.

MARTHE.

Cela t'aurait très bien empêché. Est-ce que tu peux penser à deux choses à la fois ? Tu es si écervelé !

ROBERT.

Et toi, tu es gentille et polie. Jacqueline,
passez-moi donc ce gâteau, je vous prie.

JACQUELINE.

Mais, monsieur Robert, si c'est mademoiselle Marthe ?...

ROBERT.

Bon, vous allez lui donner raison, à présent. Vous la rendrez insupportable. Elle est
déjà si entêtée !

JACQUELINE.

C'est mal, monsieur Robert, de parler
comme ça de votre sœur. Elle est très gentille : je parie que c'est elle qui va se montrer
la plus raisonnable.

MARTHE, *toute fière.*

Vous avez raison, Jacqueline, je ne suis pas
une capricieuse, moi. Garde le gâteau, Robert,

garde-le ; seulement tu ne m'empêcheras pas
de dire que c'est toi qui es un entêté.

ROBERT, *piqué.*

Si je le suis, sais-tu ce que tu es, toi ? Une
petite vaniteuse.

MARTHE, *outrée.*

Vous entendez, Jacqueline, il me dit des
impertinences au lieu de me remercier.

JACQUELINE.

Allons, monsieur Robert, soyez donc gentil ;
vous voyez bien que votre sœur vous a cédé.

MARTHE.

Jacqueline, dites-lui donc aussi de porter ce
gâteau comme il faut. Il le serre tant qu'il
arrivera tout aplati. Tiens, décidément,
donne-le-moi, tu es trop maladroit. »
Mais Robert ne voulut pas donner le gâteau ;

alors Marthe essaya de le lui enlever de force.
Robert se défendit, Marthe s'obstina. Elle
tenait le papier par un bout, Robert par l'autre; ils tirèrent chacun de leur côté en même
temps et le papier se déchira par le milieu.

L'excellent gâteau mousseline passa par le
trou du papier, tomba par terre et se brisa en
cinq ou six morceaux. Marthe était furieuse,
Robert était très contrarié. Ils se baissèrent
pour ramasser les débris du gâteau et les
remettre dans le papier déchiré. Mais le chien
du boucher, qui passait par là et s'était appro-
ché pendant leur querelle, ne leur en laissa
pas le temps. Il se précipita sur le gâteau et ne
fit qu'une bouchée des deux plus gros morceaux; puis, comme Jacqueline et les enfants
lui donnaient des coups de pied pour essayer
de le chasser, il ramassa dans sa gueule ce
qui restait et se sauva à toutes jambes.

Robert courut après lui en lui criant toutes
sortes de choses peu flatteuses, Marthe trotta
derrière son frère en pleurant à chaudes larmes,
et Jacqueline, très essoufflée, suivit comme

elle put le chien, le petit garçon et la petite
fille. Mais cela ne servait à rien, et Pataud
avait tout dévoré avant que l'on fût parvenu
à l'atteindre. Il était déjà bien loin et continuait encore à courir ; les enfants, épuisés et
découragés, s'arrêtèrent au milieu du chemin.

« Monstre de chien ! dit Robert.

— C'est notre faute, répondit Marthe.

— Le fait est que nous avons été très
bêtes, reprit le petit garçon.

— Excessivement bêtes, ajouta sa sœur.

ROBERT.

J'aurais dû laisser Jacqueline porter le
paquet.

MARTHE.

J'aurais dû ne pas vouloir te le reprendre.

ROBERT.

J'aurais surtout beaucoup mieux fait de te
le céder.

MARTHE.

Si Claire avait été là, cela ne serait pas arrivé.

ROBERT.

Mais elle n'y était pas, et adieu le bon gâteau mousseline.

MARTHE.

A quoi bon lui dire que nous le lui apportions?

ROBERT.

Pourquoi ne pas lui raconter que tu as pensé à elle, et que c'est ma taquinerie qui a tout gâté?

MARTHE.

Alors je lui dirai aussi que si je m'étais montrée un peu plus complaisante, le gros chien n'aurait pas croqué le gâteau.

ROBERT.

Mais non, quand je te dis que c'est ma
faute.

MARTHE.

Je t'assure que c'est la mienne. Qu'en pen-
sez-vous, Jacqueline?

JACQUELINE.

Pour dire la vérité, je crois que vous avez
eu tort tous les deux.

ROBERT.

Eh bien! nous l'avouerons à Claire, et elle
nous grondera si elle veut.

MARTHE.

Oh! Claire ne gronde pas; elle nous fera
seulement un petit sermon.

ROBERT.

Et je sais bien ce qu'elle dira dans ce sermon.

MARTHE.

Oui, qu'une bonne sœur doit toujours céder à son frère.

ROBERT.

Et surtout qu'un bon frère doit être complaisant pour sa petite sœur.

MARTHE.

Pauvre Claire! En attendant, elle n'aura pas de gâteau.

ROBERT.

C'est ce qui me fâche, mais je crois qu'elle en prendra très bien son parti. »

Robert ne se trompait pas. Claire se consola facilement d'être privée de cette friandise et elle fut très contente des bonnes résolu-

tions de ses cousins. Depuis ce jour-là, quand
ils avaient envie de se quereller, elle leur
disait : Prenez garde à Pataud ! Cela les faisait rire et les arrêtait tout de suite, de sorte
qu'avant la fin de l'été ils devinrent tout à
fait sages et furent complètement corrigés.

CHAPITRE XI

MOQUERIE ET REPENTIR

Robert et Marthe étaient corrigés tant qu'ils ne recevaient que de bons exemples et de bons conseils; mais leur sagesse n'était pas encore bien solide, et un jour ils se laissèrent influencer par un mauvais camarade.

C'était un ami de Julien qui s'appelait Léon. Il n'avait plus ni père ni mère et s'ennuyait

beaucoup chez son tuteur, qui était vieux et
d'une humeur triste. Mme Baudoin, pour le
distraire, l'engagea à venir passer une journée
avec ses enfants. Il en fut d'autant plus content que l'on devait traverser la rivière et aller
faire une partie champêtre dans un village
voisin.

Mais Émilie et Julien ne savaient plus s'a-
muser sans les petits Lorin; on alla les chercher. Mme Delorme se fit un peu prier : elle
n'aimait pas à aller en bateau, et Claire avait
un grand mal de tête; ses petits-enfants, moins
surveillés, feraient peut-être quelque sottise...

Quelle idée elle avait là, cette chère grand'-
mère! Robert et Marthe firent tant de belles
promesses et M. et Mme Baudoin tant d'in-
stances, qu'à la fin la permission désirée fut
accordée.

Il y avait un bac pour traverser la rivière
et l'on appela le père Durand, le passeur. Le
père Durand sortit en courant de sa petite
cabane, faite avec des planches, et il fut bien

content de voir cette nombreuse société,
parce que chaque personne devait lui donner
deux sous pour passer l'eau et autant pour
revenir.

M. Baudoin entra le premier dans le bateau, puis il tendit la main aux enfants pour
les faire sauter l'un après l'autre. Tout se serait bien passé sans la brusquerie de Léon
qui, voulant passer devant Émilie, la poussa
et fut cause qu'elle s'écorcha le genou. Une
fois les enfants casés sur les bancs, Mme Baudoin s'embarqua à son tour.

Le temps était beau et l'eau bien claire; les
arbres s'y voyaient comme dans un miroir,
seulement ils avaient la tête en bas, mais
c'était tout aussi joli. Certainement, rien qu'à
regarder autour de soi, on pouvait faire le
voyage sans un moment d'ennui. Les petites
filles étaient ravies de voir tourner un peu
plus bas la roue du moulin d'où l'eau retom-
bait aussi blanche que la neige. Robert et
Julien préféraient regarder la grosse corde du
bac, appelée *traille*, et sur laquelle glissait une

poulie. Cette poulie portait une autre corde
qui venait s'attacher au bateau pour l'empêcher de descendre en suivant le courant.
Grâce à la traille, le père Durand pouvait conduire tout seul son bateau, qui autrement
aurait eu besoin de plusieurs rameurs. Le
bonhomme se tenait debout à l'extrémité de
la barque, son gouvernail à la main, et il
avait une mine fière et réjouie, parce qu'il
avait toujours vécu sur l'eau et aimait beaucoup son métier. Il appelait la traille la *luronne*, et la poulie la *grenouille*.

« Père Durand, qu'est-ce que ça veut dire?
demanda Julien.

LE PÈRE DURAND.

Vous ne comprenez pas? c'est pourtant bien
simple. La *luronne*, ça veut dire que ma traille
est solide, courageuse, d'un bon caractère.
Elle nous porte tous, et l'on a beau tirer
dessus, elle ne casse pas, ne rechigne pas.

ROBERT.

Oui, c'est juste; elle est très bien nommée, mais vous dites : ma *grenouille* à cette petite machine noire. Je ne vois pas pourquoi.

LE PÈRE DURAND.

Vous ne voyez pas... je crois bien; il ne faut pas voir, il faut entendre. Écoutez; quand la poulie glisse sur la traille, elle fait du bruit : cr... cr... Ne dirait-on pas une grenouille?

ROBERT.

Mais oui, vraiment; cela ressemble beaucoup à sa chanson. La grenouille, je n'oublierai pas ce nom-là, père Durand. »

Léon, au lieu d'écouter ce qu'on disait, ne songeait qu'à faire des sottises. Il se levait à chaque instant, sautait, se trémoussait, faisait pencher le bateau. Alors les petites filles avaient peur, et il se moquait d'elles. M. Baudoin fut obligé de le reprendre avec un peu de sévérité pour l'obliger à se tenir tranquille. Quand il se vit forcé de rester sur son banc, il inventa pour se dédommager de plonger sa main dans la rivière, puis il s'amusa à faire rejaillir l'eau dans la barque. Émilie, qui se trouvait auprès de lui, reçut de cette façon une cascade qui lui entra par le cou et lui coula dans le dos. C'était très désagréable.

« Il est vraiment bien mal élevé, dit Mme Baudoin à l'oreille de son mari.

— Fort mal élevé et pas très bon, répondit M. Baudoin; il cherche toujours à contrarier les autres. »

Comme le père Durand venait de lui dire un peu rudement de cesser toutes ses bêtises, Léon vexé se mit à se moquer du père Durand.

« Il ne sait ce qu'il dit, murmura-t-il en se penchant vers Robert; je parie que c'est un vieil ivrogne; il a le nez aussi rouge qu'un homard. »

Le père Durand avait l'oreille fine; il entendit ce que disait Léon, et cette impertinence le mit en colère.

« Je ne sais pas ce que c'est que des z-homards, répondit-il, mais je sais bien ce que c'est qu'un petit monsieur malhonnête et menteur. M'appeler vieil ivrogne, moi! parce qu'en faisant passer le monde j'attrape des coups de soleil! Je ne bois jamais que de l'eau, entendez-vous? et je devrais aussi vous en faire boire un coup en vous plongeant dans la rivière, pour vous apprendre à injurier un brave homme qui n'est pas fautif et qui vous rend service, après tout. »

Le père Durand était vraiment très fâché. M. et M.ᵐᵉ Baudoin furent obligés pour le calmer de lui dire de bonnes paroles et d'ordonner à Léon de lui demander pardon. Léon n'osa pas résister, mais il obéit de mauvaise grâce, et donna ainsi une fâcheuse opinion de son caractère.

Cependant on arriva à l'autre bord, et l'on mit pied à terre. On n'avait à faire que trois

quarts de lieue pour se rendre à Grandval,
chez l'amie de Mme Baudoin·

Le chemin était charmant, bordé de haies
de clématite toute en fleur et de ronces couvertes de mûres sauvages.

De temps en temps, on traversait des prai-
ries bien vertes où paissaient de belles vaches
rousses et noires, puis des saulaies ombra-
gées, où des paysannes, accroupies devant
quelque mare, lavaient leur linge en babillant.

Les enfants firent tant de zigzags pendant
la route qu'ils doublèrent au moins le trajet;
mais ils étaient bons marcheurs, et puis,
quand on s'amuse, on n'est jamais fatigué.
Enfin ils aperçurent le petit château de Grandval, situé entre deux collines, comme son nom
l'indique.

Mme de Grandval était une personne très
bonne et très gaie et qui aimait beaucoup les
enfants. Elle fit le meilleur accueil à M. et à
Mme Baudoin et chargea sa vieille domestique,
Gothon, de faire visiter le château, qui était

assez curieux, à Julien, Émilie et leurs petits amis.

Il y avait dans certaines pièces d'anciennes tapisseries très bien conservées qui représentaient des scènes de l'histoire sainte. Il y avait aussi de vieux meubles en chêne, fort beaux; mais ce qui amusa surtout les enfants, ce fut une grande horloge qui représentait une forge. Quand l'heure était près de sonner, le forgeron sortait d'une petite niche et s'approchait de l'enclume. Justement on arriva devant l'horloge à midi moins cinq minutes.

« Arrêtez-vous un moment et regardez bien, » leur dit Gothon.

Elle voulait faire une surprise aux enfants et ne s'expliqua pas davantage.

La grande aiguille continua son chemin sur le cadran, et arriva sur midi où elle rejoignit la petite aiguille. Alors le forgeron s'avança et frappa douze coups sur l'enclume avec son marteau. Les enfants crièrent bravo et battirent des mains pour applaudir ce petit homme qui savait si bien son métier.

Gothon passa encore près d'une heure à les promener de chambre en chambre. C'était une grande complaisance de sa part, car elle travaillait toute la journée et devait être très fatiguée ; mais, au lieu de lui savoir gré de sa bonté, Léon ne pensa qu'à trouver le moyen de lui jouer un tour de sa façon.

Il avait bien vite remarqué que la vieille domestique était un peu bossue.

« Qu'est-ce que je pourrais donc me fourrer dans le dos ? se demandait-il. Si je trouve, je leur ferai une bonne farce qui les amusera bien. »

Au même moment, il aperçoit un coussin sur un canapé ; il le saisit, se cache dans un coin, ôte sa ceinture et enfonce le coussin sous sa blouse, entre les deux épaules. Cela lui fait une bosse énorme ; il reboucle sa ceinture et se met à se promener de long en large en contrefaisant Gothon.

Les enfants le regardent et partent d'un éclat de rire ; Gothon le regarde aussi, mais cette plaisanterie ne l'amuse pas du tout, et

... se met à se promener de long en large
en contrefaisant Gothon.

elle a tant de chagrin de se voir ainsi tournée
en ridicule qu'elle s'éloigne brusquement et
se réfugie dans une autre pièce pour ne plus
être exposée aux impertinences de ces enfants
moqueurs et méchants.

« Tiens, dit Léon, qu'est-ce qu'il lui prend?
Elle se sauve comme si le diable lui courait
après.

ÉMILIE.

Je crois que vous l'avez fâchée, Léon; c'est
bien mal à vous.

LÉON.

Ah! par exemple! elle est trop susceptible.
J'ai voulu m'amuser, voilà tout.

JULIEN.

Nos parents nous ont dit cent fois qu'il ne
faut jamais s'amuser aux dépens des autres.

LÉON.

Si on écoutait toutes ces belles morales, on ne rirait jamais ; ce serait assommant. »

Cependant les deux petites filles sont allées à la recherche de Gothon. Elles reviennent avec un air tout triste.

« Je crois qu'elle pleure, dit Marthe. J'ai un peu entr'ouvert la porte, et j'ai vu qu'elle tenait son mouchoir sur ses yeux. Pauvre Gothon ! que je suis fâchée de l'avoir chagrinée.

— Si nous allions la consoler ? répond Julien.

ROBERT.

Oui, allons-y tout de suite ; mais qu'est-ce que nous pourrons lui dire ?

LÉON.

Qu'il nous avait semblé qu'elle était bossue, mais que nous avions la berlue et qu'elle a une taille ravissante.

ÉMILIE.

Oh! le méchant, qui se moque encore! C'est très vilain, je ne vous aime plus du tout, et si vous continuez, je raconterai tout à maman.

LÉON.

Que ces petites filles sont ridicules! elles font des affaires de tout. Voyons, je veux bien consoler Gothon et lui dire tout ce que vous voudrez, à condition qu'après vous me laisserez tranquille.

MARTHE.

Parfaitement tranquille, parce que je ne veux plus jouer avec vous. Vous êtes cause que j'ai ri, et c'est très mal. Vous êtes plus grand que moi et vous ne deviez pas faire ces singeries. »

Léon, au fond, sentait bien qu'il avait eu tort, mais il était rempli d'amour-propre : il lui en coûtait beaucoup de le reconnaître.

Cependant, comme il avait peur d'être grondé
par **M.** et **Mme** Baudoin s'ils apprenaient ce
qui s'était passé, il se décida à suivre les autres enfants, qui voulaient absolument se ré-
concilier avec Gothon.

« Je crois, dit Julien, que, même pour lui
faire nos excuses, il vaudra mieux ne pas lui
parler de sa difformité. »

Julien avait raison, et ses amis le compri-
rent.

Marthe entra donc la première dans la
chambre où se trouvait Gothon. La vieille
bonne, en l'apercevant, remit vivement son
mouchoir dans sa poche, mais elle avait les
yeux tout rouges, et il était bien certain qu'elle
avait pleuré.

Marthe s'avança avec un petit air doux et
sérieux tout à fait gentil. Les autres la sui-
vaient. Elle présenta à Gothon un joli bouquet de clématites et de fleurs des champs
qu'elle avait cueilli en chemin.

« Voulez-vous prendre ces fleurs, ma bonne
Gothon? dit-elle ; c'est moi qui les ai arran-

gées ; elles sentent bien bon, et vous les mettrez dans votre chambre.

— Attachez-les donc avec ce petit ruban
que j'ai là à mon cou, ajouta Émilie, ce sera
encore bien plus joli.

— Nous n'avons rien à vous donner, Gothon, dirent alors les petits garçons, mais
nous vous remercions de votre bonté et de
votre complaisance.

—Voulez-vous m'embrasser ? reprit Marthe,
vous me ferez bien plaisir.

— De tout mon cœur, ma chérie, répondit
la pauvre Gothon, tout émue. Vous êtes une
bonne petite fille, je le vois, et ces jeunes
messieurs ne sont pas méchants non plus ;
seulement ils ne savent pas que leurs plai-
santeries peuvent faire de la peine aux vieilles
gens. Vous le leur ferez comprendre, mes
mignonnes, et nous ne penserons plus à ce
qui s'est passé. Mais il est déjà tard et j'ou-
bliais qu'il faut que j'aille cueillir du fruit
pour votre goûter. »

Gothon se leva et s'en alla au jardin toute

consolée. Les enfants retournèrent auprès de
Mme de Grandval, qui les fit amuser pendant
le reste de la journée et leur parla plusieurs
fois de Gothon avec beaucoup d'amitié. Il y
avait trente ans qu'elle était au service de la
famille, qui la traitait plutôt en amie qu'en
servante, à cause de son dévouement et de
ses rares qualités.

Cela augmenta leur confusion et leur repentir. Léon lui-même prit la résolution de
ne plus se laisser aller à la moquerie. Il avait
supplié ses camarades de ne rien dire sur son
compte à M. et à Mme Baudoin, et ceux-ci
avaient promis de se taire; mais Léon, par
étourderie, se dénonça lui-même. Il rencontra
le soir, en retournant vers la rivière, un âne
chargé d'un sac de blé qu'on allait porter au
moulin.

« Vois donc, dit-il à Julien, est-ce que celui-là ferait pleurer Gothon? Son sac lui fait
encore une plus grosse bosse que mon coussin. »

Mme Baudoin avait entendu; elle voulut

savoir ce que cela signifiait, et elle interrogea
Léon, qui fut forcé de s'expliquer, à sa grande
confusion.

CHAPITRE XII

LA PARTIE DE PÊCHE

Quelques jours après cette promenade, un domestique apporta un matin une lettre pour M. Baudoin, en disant qu'il attendrait la réponse.

M. Baudoin lut la lettre et fit une grimace de mécontentement. Ce qu'on lui demandait par cette lettre le contrariait beaucoup.

Le tuteur de Léon, obligé de partir subite-
ment en voyage, recommandait son pupille à
ses bons voisins, en les priant instamment de
le prendre chez eux le plus souvent possible
pendant son absence.

« Il va gâter nos enfants, dit Mme Baudoin,
que son mari consulta sur ce qu'il y avait à
faire.

— J'espère que non, répondit M. Baudoin, je le surveillerai beaucoup et peut-être
parviendrons-nous à le corriger en partie,
tandis que si nous l'abandonnons il ne fera
que des sottises et j'aurai à me le repro-
cher. »

Mme Baudoin comprit que son mari avait
raison, et l'on fit répondre au tuteur qu'on
ferait ce qu'il désirait.

Le tuteur partit le lendemain, et Léon vint
les jours suivants travailler avec Julien.
M. Baudoin ne le perdait pas de vue, et la
première moitié de la semaine se passa très
paisiblement.

Le jeudi, l'on donna comme à l'ordinaire

congé aux enfants pour l'après-midi, et ils
eurent l'idée d'organiser une partie de pêche.
Julien avait des lignes; il alla bêcher le jardin
dans un endroit bien humide, et il y trouva
une quantité de vers de terre.

« Les poissons mangeront les vers, et
nous mangerons les poissons, » dit-il en
riant.

On alla chercher Robert et Marthe, puis on
se rendit avec eux au bord de la rivière, où
M. Baudoin choisit l'endroit qui lui parut le
plus convenable pour prendre du poisson.
Ensuite chaque pêcheur fixa un vermisseau
au bout de son hameçon. Tous ces préparatifs
s'étaient faits au milieu de beaucoup de rires
et de tapage.

« Maintenant, dit M. Baudoin, si nous vou-
lons emporter d'ici une friture pour notre
dîner, taisons-nous et faisons bien attention. »

Les enfants ne dirent plus un mot et se mirent à regarder de tous leurs yeux la ficelle
attachée au bout de leur ligne.

De temps en temps cette ficelle remuait un peu. C'était parce que le poisson venait mordre à l'appât. Il aurait fallu alors donner à propos une légère secousse, et la bouche du poisson se serait trouvée accrochée à l'hameçon; mais les enfants relevaient toujours leur ligne trop tôt ou trop tard.

Quand c'était trop tôt, le poisson, qui n'avait fait que toucher le ver de terre, se sauvait avant de l'entamer, et quand c'était trop tard, il avait tout mangé sans que l'hameçon l'accrochât.

Robert était vif et impatient; les poissons avaient peur de sa ligne, qui bougeait toujours, et au bout d'une demi-heure son appât n'avait pas seulement été grignoté.

Quant à Julien, qui était un peu lent, il avait laissé dévorer une douzaine de vers sans se décider à enlever sa ligne. Les petites filles et Léon n'étaient pas plus heureux. M. Baudoin seul avait réussi plusieurs fois.

A la fin, Émilie, qui avait bien regardé comment il s'y prenait, enleva sa ligne. Quelle joie! un petit goujon frétillait à l'hameçon; une minute plus tard, ce fut une tanche. Puis Julien attrapa une carpe assez belle; Robert, un barbot de moyenne grosseur; enfin peu à peu tout le monde comprit ce qu'il fallait faire pour pêcher habilement.

Léon, qui ne se donnait jamais la peine d'écouter ce qu'on lui disait, continuait seul à ne rien prendre. Cela commençait à l'impatienter. Il s'éloigna pour chercher une meilleure place, et se mit à fourrager avec sa ligne un endroit de la rivière tout couvert d'herbes et de joncs.

« Mais finissez donc, Léon, lui cria M. Baudoin, vous allez effaroucher le poisson et casser votre ligne. »

Léon ne tint aucun compte de cette observation et continua son manège. Tout à coup il poussa un cri de triomphe :

« Je le tiens! je le tiens! Venez tous, venez vite; il est gros, il est lourd! »

On se précipita pour voir ce poisson merveilleux. Hélas! quelle honte pour Léon!
c'était tout bonnement... un vieux soulier à
clous, tout éculé et tout percé.

Les enfants riaient aux éclats et Léon enra-
geait. Il jeta au loin son affreuse savate et s'en
alla en maugréant pour cacher son dépit. Les
autres restèrent auprès de M. Baudoin, qui
avait choisi le bon endroit et, à chaque
instant, mettait dans son baquet un nouveau
poisson.

Tout en pêchant, il surveillait Léon du coin
de l'œil et il lui dit plusieurs fois de se rap-
procher; mais Léon fit semblant de ne pas
entendre.

« Papa, papa, cria tout à coup Émilie,
vois donc ce gros poisson que je viens de
prendre; je ne peux pas le décrocher de l'hameçon. »

Son père courut à son aide et cessa un moment de regarder Léon.

Presque aussitôt on entendit un grand cri.
M. Baudoin tourna la tête et ne vit plus Léon.

C'était tout bonnement... un vieux soulier.

Il s'était trop avancé au bord de l'eau, le pied lui avait manqué, et il était tombé dans la rivière. Au bout de quelques secondes il revint sur l'eau ; on le voyait se débattre dans le courant, qui justement l'entraînait du côté du moulin. Encore quelques minutes, et il allait être broyé sous la roue.

M. Baudoin commençait à ôter ses habits pour aller au secours de ce malheureux enfant, mais un homme qui se trouvait plus près du moulin, et qui avait vu ce qui s'était passé, se jeta à l'eau avant lui.

L'homme nagea avec vigueur et se rapprocha rapidement de Léon ; enfin il l'atteignit, le saisit par les cheveux avec la main gauche et continua à nager de la main droite pour revenir du côté de la rive. Il y arriva épuisé et se laissa tomber sur le sable avec Léon qui était évanoui.

M. Baudoin accourut, les enfants le suivirent en criant.

Arrivés près du nageur, ils furent bien étonnés en reconnaissant le père Durand. Le père Durand, en même temps, reconnut dans l'enfant qu'il venait de sauver le jeune monsieur qui s'était moqué de lui quelques jours auparavant.

Le père Durand était un brave homme qui rendait volontiers le bien pour le mal, et il fut tout de même très content d'avoir retiré de l'eau ce petit imprudent. Il se mit à le frictionner pour lui faire reprendre connaissance, et bientôt Léon ouvrit les yeux avec un air étonné.

Il ne savait plus au premier moment ce qui lui était arrivé; mais quand ses idées revinrent et qu'il comprit qu'il aurait été noyé sans le père Durand, il fut si confus et si touché qu'il se mit à pleurer.

« Là, là, là, dit le brave homme, un peu de calme, ne nous attendrissons pas.

LÉON.

C'est que je pense à toutes mes malhonnêtetés de l'autre jour, et cela me fait du chagrin.

LE PÈRE DURAND.

Vos malhonnêtetés? Elles sont restées au fond de l'eau, ainsi n'y pensons plus.

LÉON.

Bien vrai? Vous me pardonnez? Oh! merci, mon bon père Durand. Si vous saviez comme j'ai du regret de...

LE PÈRE DURAND.

De m'avoir appelé vieil ivrogne? A moi aussi ça m'a été un peu dur, mais vous ne recommencerez plus. Je vous disais bien l'autre jour que je ne buvais que de l'eau. Eh bien, à présent vous me croirez. Sans mentir, j'en ai avalé un bon coup, là-bas vers le moulin. Vous aussi vous en avez trop bu, ça vous a rendu tout pâle; il faudra le soigner un peu, monsieur Baudoin.

M. BAUDOIN.

Oui, je sais comment il faut le traiter. Je vais l'emmener bien vite et le coucher dans un lit bassiné, pour le réchauffer.

M. Baudoin, avant de s'éloigner, aurait voulu donner une bonne récompense au bonhomme, qui n'était pas riche, mais le père Durand ne voulut rien accepter.

Léon passa une mauvaise nuit; du moins, ne dormant pas, il eut le temps de réfléchir sur sa conduite, et cela fut très avantageux pour lui.

Il fut obligé de reconnaître, malgré tout son orgueil, que le père Durand valait beaucoup mieux que lui, et il éprouva beaucoup de remords de sa grossièreté et de sa désobéissance. Dès le lendemain il voulut revoir le passeur pour lui renouveler ses excuses. Le père Durand n'avait point de rancune; il accueillit très bien Léon, et depuis ce jour-là le petit garçon et le vieux batelier devinrent une paire d'amis.

CHAPITRE XIII

PREMIER DÉVOUEMENT

Marthe et Robert continuaient à voir de temps en temps la famille Thibaut. Le petit garçon, pour remplir sa tirelire, s'était privé d'une toupie en porcelaine et d'un beau cerf-volant. Sa sœur avait fini les bas du petit Jeannot et venait de commencer ceux de Fanchon. Ce travail ne l'amusait pas toujours, et

parfois, tout en tricotant, elle poussait de gros
soupirs. Mais elle continuait sa besogne, et
c'était l'essentiel. S'il n'en coûtait rien pour
faire du bien, l'on aurait moins de mérite.

Depuis quelques jours, les deux enfants
pensaient beaucoup moins aux Thibaut. On
leur avait promis de les conduire à la fête de
Saint-Didier, et ils n'avaient plus que cela en
tête. Pour la première fois de leur vie ils
allaient voir une course en sac, un mât de cocagne, un bal champêtre et des tours d'esca-
motage; ils en rêvaient toutes les nuits.

Quand le fameux dimanche fut arrivé,
Mme Delorme emmena les enfants à la première
messe, pour qu'ils pussent, à neuf heures,
prendre l'omnibus, où elle avait d'avance
retenu quatre places.

Malgré eux, Marthe et Robert eurent quelques distractions à l'église; mais cependant ils
firent leur possible pour prier avec attention,
car leur grand'mère leur avait répété bien
souvent que c'est une grande ingratitude d'oublier le bon Dieu lorsqu'on est heureux.

La messe finie, ils revinrent au logis et restèrent à jouer dans la cour pendant que Mme Delorme achevait avec Claire les derniers préparatifs. Tout à coup on frappa deux ou trois coups à la petite porte qui donnait sur le chemin. Ils allèrent ouvrir et se trouvèrent en face de Jeannette Thibaut, qui était toute pâle.

« Qu'est-ce que vous voulez, Jeannette ? demanda Robert. Nous sommes bien pressés, nous allons partir dans une minute.

JEANNETTE.

Oh ! moi aussi je suis pressée. Ma mère est très malade. Ça l'a prise hier au soir. J'ai cru que dormir lui ferait du bien, mais elle n'a pas fermé l'œil. Elle brûle de fièvre, et puis tout à coup elle tremble de froid. Mon frère a couru au point du jour chez le médecin. Il est venu tout à l'heure et a ordonné je ne sais combien de remèdes. Tony voulait repartir pour les prendre chez le pharmacien, mais j'ai vu qu'il était bien las, et je lui ai dit de rester à la maison pendant que je ferais la course. En m'en retournant, je passais par ici; je n'ai pas pu m'empêcher de sonner pour vous dire notre malheur.

MARTHE.

Je vous plains beaucoup, ma pauvre Jeannette; mais nous allons partir, et puisque vous avez vu le médecin, vous n'avez plus besoin de nous.

JEANNETTE.

Au contraire. M. Vernier a ordonné des sangsues; je n'en ai jamais posé, et je ne sais pas comment m'y prendre.

ROBERT.

Essayez toujours, Jeannette; je suis sûr que vous vous en tirerez parfaitement, vous êtes si adroite!

JEANNETTE.

Il faudra bien que je fasse mon possible, si personne ne vient à mon aide. A présent, je me sauve. J'ai peur que Jeannot se réveille. Quand il crie, Tony ne sait pas le consoler comme moi. Pourtant il faut absolument que notre mère puisse reposer. Vous direz à Mme Delorme et à Mlle Claire notre détresse. Si elles voulaient venir nous voir, ce serait une grande bonté. »

Jeannette s'éloigna en courant, et les enfants restèrent tout déconcertés devant la porte.

« Robert, qu'est-ce qu'il faut que nous fassions? demanda Marthe.

ROBERT.

Je ne sais pas; j'ai envie de ne rien dire. Jeannette pourra bien s'en tirer toute seule pour aujourd'hui, et demain, sans faute, ma grand'mère ira la voir.

MARTHE.

Et si Jeannette ne sait pas poser les sangsues?

ROBERT.

Oh! je parie qu'elle saura. Et puis, pense
donc, la course en sac!

MARTHE.

Oui, ce doit être bien amusant; mais Jeannette nous a dit d'avertir notre grand'mère.

ROBERT.

C'est vrai; mais le mât de cocagne! Je veux
essayer d'y monter d'abord.

MARTHE.

Moi, j'aime mieux dànser. J'espère bien
qu'on m'invitera.

ROBERT.

Si je gagnais la timbale?

MARTHE.

C'est trop difficile. On la met tout en haut
du mât; tu attraperas plutôt un saucisson.

ROBERT.

Vive le saucisson! Je l'aime beaucoup, surtout quand il est truffé.

MARTHE.

Tiens, voilà grand'mère qui nous appelle.
Elle est toute prête; dépêchons-nous d'aller
prendre nos chapeaux dans le vestibule. »
    Marthe y alla; mais pendant le trajet, au
lieu de s'occuper de la course en sac, du mât
de cocagne et du bal champêtre, elle se mit
à penser à Mariette Thibaut, à Jeannette, au
docteur et au pharmacien, à la fièvre et aux
sangsues.

« Maman aussi a été malade, se disait-elle, et si Jeannette, pour aller s'amuser, avait refusé de venir la soigner, j'aurais trouvé Jeannette bien méchante. »

« Qui est-ce donc qui a sonné tout à l'heure, mes enfants ? » demanda Mme Delorme.

Les enfants hésitèrent un moment. Marthe recommençait à penser à la danse et aux petites boutiques où l'on vend des bonshommes en pain d'épice ; Robert croyait déjà se voir au milieu du mât de cocagne, décrochant le saucisson.

« Qui a donc sonné, mes enfants ? » répéta Mme Delorme. Il fallait cette fois se décider.

« Ah ! grand'mère, dit Marthe, c'est la pauvre Jeannette ; sa mère est malade ; si vous saviez... »

Et elle raconta tout ce que Jeannette leur avait dit.

« Eh bien, mes petits, que ferons-nous ? répondit la grand'mère. Laisserons-nous ces pauvres enfants dans l'embarras, et leur mère peut-être en danger ? »

Marthe et Robert avaient le cœur bien gros en se voyant obligés de renoncer à la fête de Saint-Didier, mais ils eurent le courage de faire leur sacrifice.

M. le curé, le matin, avait dit dans son sermon que toutes les fois que l'on donne à manger à ceux qui ont faim et à boire à ceux qui ont soif, ou que l'on visite les malades et les affligés, c'est Dieu même que l'on assiste en la personne des pauvres. Eh bien! Mariette Thibaut était malade et ses enfants affligés; il fallait les secourir et les consoler.

C'est ce que Marthe et Robert dirent à leur grand'mère, et Mme Delorme les embrassa de tout son cœur. « N'oubliez jamais, ajouta-t-elle, ce que vous avez compris aujourd'hui. C'est qu'il faut toujours préférer le bien des autres à son plaisir. Allons donc vite chez ces pauvres Thibaut. Jeannette, tout occupée de sa mère, n'aura pas le temps de préparer les repas; ainsi nous allons emporter notre panier aux provisions, où les enfants trouveront de quoi se nourrir pour toute la journée. »

Mme Delorme appela Jacqueline et la chargea d'aller dire au conducteur de l'omnibus qu'il pouvait disposer des quatre places retenues. Après cela, elle se mit en route accompagnée de Claire et des enfants.

La visite de Mme Delorme ne pouvait arriver plus à propos. Jeannette essayait depuis une demi-heure d'appliquer les sangsues ordonnées par le docteur, et elle commençait à se désoler de ne pouvoir réussir. Pour sa mère, elle était si accablée par son mal qu'elle n'avait pas la force d'indiquer à la petite fille la manière de s'y prendre.

Mme Delorme s'approcha de la malade, qui avait une fluxion de poitrine et dont la respiration devenait de moment en moment plus embarrassée. Elle prit ensuite dans son panier un petit morceau de sucre qu'elle fit fondre dans l'eau, et avec cette eau sucrée elle humecta la poitrine de Mariette Thibaut, à l'endroit où devaient être posées les sangsues. Après cela, elle enferma les vilaines petites bêtes dans un verre qu'elle renversa à la place

indiquée par le médecin, en ayant soin de le
maintenir pour les empêcher de s'échapper.
Les sangsues, se voyant bien emprisonnées,
se décidèrent à retirer le sang qui étouffait la
pauvre Mariette.

Claire et Jeannette aidaient Mme Delorme,
et Marthe faisait son possible pour rendre
aussi de petits services. Elle trouvait pourtant
les sangsues bien dégoûtantes; mais, en voyant
combien Mme Thibaut était malade et ses enfants tourmentés, elle s'efforçait de se donner
du courage.

Bientôt la malade respira plus facilement;
alors on la laissa reposer et on passa dans la
seconde pièce pour faire manger les enfants,
qui n'avaient encore rien pris ce jour-là. Tony
et Jeannette avaient eu trop d'inquiétude pour
conserver de l'appétit; mais à l'âge de Fanchon et de Jeannot l'on ne se fait point de
souci, et les deux marmots se mirent à
dévorer comme de petits loups. Il y avait
justement un poulet rôti; jamais ils n'avaient
rien mangé de si bon, et Marthe et Robert

étaient tout heureux en voyant leurs mines réjouies.

On passa la moitié de la journée avec ces pauvres gens; enfin Mme Delorme les quitta en promettant de revenir le lendemain. Mariette dormait paisiblement, et Jeannette et Tony pleuraient de joie en comprenant que leur mère était sauvée.

L'après-midi parut un peu longue aux enfants, qui ne purent s'empêcher de penser plusieurs fois à la fête de Saint-Didier. Ils ne regrettaient certainement pas d'y avoir renoncé, mais ils ne pouvaient s'empêcher de se dire :

« Oui, la course en sac, le mât de cocagne et le bal champêtre, cela devait pourtant être bien beau ! »

L'heure du coucher arriva. Marthe et Robert avaient le cœur tranquille; ils s'endormirent d'un calme sommeil, et alors Dieu, qui aime les enfants charitables, leur envoya à tous deux de beaux songes. Il n'y était pas question de fêtes et de divertissements, parce

que ces choses-là n'ont aucun prix devant lui;
mais on y voyait une mère joyeuse, entourée
de sa jeune famille. Elle lui prodiguait ses
caresses et bénissait à haute voix la bonne
grand'mère et les aimables enfants qui avaient
eu pitié de son infortune.

CHAPITRE XIV

LES OMBRES CHINOISES

L'été allait finir et il faisait un beau temps d'octobre. Mme Lorin, complètement rétablie, vint passer une semaine chez sa mère avant d'emmener ses enfants à la ville.

Mariette Thibaut était en pleine convalescence; on alla lui faire une visite, et Marthe emporta les bas qu'elle avait tricotés pour

Jeannot et Fanchon. Ils allaient très bien, et
la mère fut très heureuse de penser que ses
chers petits n'auraient pas froid aux pieds pendant l'hiver.

L'avant-veille du départ, Mme Delorme in-
vita les amis de ses petits-enfants à venir
passer la journée chez elle. Tant qu'il fit jour
ils s'amusèrent dans le jardin, et dès que la
nuit fut venue, on les fit rentrer au salon, où
les attendait une distraction toute nouvelle.

C'étaient des ombres chinoises. Oh! mais
des ombres chinoises cent fois plus belles que
celles de Séraphin. Elles n'étaient pas faites
avec des morceaux de carton découpé, mais
avec des personnages vivants. M. Baudoin
avait tout organisé et s'était fait aider par sa
femme, ses enfants et par Léon, devenu beaucoup plus gentil. De grands draps blancs
avaient été tendus sur une corde devant la
cheminée qui était éclairée, tandis que le salon
restait sombre. On se plaça un peu à tâtons.
Les spectateurs étaient Mme Delorme, M. et
Mme Lorin, le tuteur de Léon, Jacqueline,

Pierre, Mathurine, et enfin Marthe et Robert, pour qui le spectacle avait surtout été préparé.

Quand tout le monde fut assis, on frappa trois coups derrière le drap, et alors on vit paraître une dame dans laquelle tout le monde reconnut Mme Delorme. C'était pourtant Mme Baudoin ; mais elle avait pris le châle et le chapeau de la grand'mère, de sorte qu'en ombre chinoise elle lui ressemblait à s'y méprendre. Un petit garçon et une petite fille arrivèrent ensuite en costume de voyage auprès de cette dame ; ils l'embrassèrent et elle leur fit beaucoup de caresses. Pour qu'il n'y eût pas moyen de s'y tromper, on avait eu soin d'amener sur le théâtre Milord et Blanchette, qui jouèrent assez bien leur rôle.

On applaudit en riant. Mais tout à coup voilà les personnages qui ont l'air de monter dans les airs et qui disparaissent au plafond. C'est bien extraordinaire ; comment cela peut-il se faire ? Personne n'y comprend rien.

On n'a pas le temps de réfléchir là-dessus;
une autre scène commence. Qui est-ce qui ar-
rive là? Deux ânes, en vérité. (Ce sont les
chevaux de bois de Robert et de Julien, auxquels on a ajouté de longues oreilles en papier.) Un enfant monte sur le plus gros âne,
un autre sur le plus petit. Le plus petit âne
passe devant, et le jeune garçon qui se trouve
en arrière donne de grands coups de baguette
à son baudet et se fâche en gesticulant. On
change de monture. Patatras! voilà le gros
âne par terre avec son cavalier.

« La course à âne! la course à âne! » crient
Marthe et Robert, qui s'amusent comme des
bienheureux.

Après cela, on voit une petite fille qui apprend à lire auprès de sa grand'mère. Ensuite,
des enfants qui s'occupent à jardiner, des faucheurs et des faneuses, une pêche à la ligne,
un petit garçon qui tombe dans l'eau, un
paysan qui l'en retire; enfin tous les évène-
ments qui se sont passés dans l'été sont tour à
tour représentés.

Le jeune garçon qui se trouve en arrière donne de grands coups
de baguette à son baudet.

Les enfants trépignent de joie, battent des mains. Tout le monde rit, les domestiques surtout, qui n'ont jamais rien vu de pareil.

Quand le spectacle est fini, Jacqueline apporte les lampes au salon, et alors Marthe et Robert passent sous le drap pour aller remercier M. et Mme Baudoin, et peut-être aussi pour tâcher de découvrir un secret qui les étonne. A la fin de chaque scène les personnages ont continué à disparaître au plafond. C'est tout à fait inexplicable. Pourtant les enfants n'aperçoivent rien derrière le drap qui leur fasse comprendre ce mystère. Ils ne le devineront jamais. Il faut le demander à M. Baudoin.

M. Baudoin se fait un peu prier pour augmenter leur impatience. A la fin, il leur montre que cet effet merveilleux s'obtient par un moyen très simple. Il suffit de poser par terre la bougie placée sur la cheminée, de sauter par-dessus cette bougie et aussitôt les personnages ont l'air de s'envoler.

« Oh! que c'est drôle, monsieur Baudoin!

dit Robert. Comme vous nous avez amusés!
Vous êtes bien bon. Il faudra venir nous voir
à Paris, et nous amener Julien, Émilie et
Léon. »

M. Baudoin le promet. Il est déjà tard;
il faut se séparer. C'est dommage ; quand
on s'aime bien, on devrait ne jamais se
quitter.

La grand'mère est complètement de cet avis.
Elle a beaucoup de chagrin, le surlendemain,
lorsqu'il lui faut dire adieu à M. et Mme Lorin
et à ses petits-enfants. Malgré cela, les grandes
personnes font bonne contenance; mais Claire
a les larmes aux yeux, et Marthe et Robert
pleurent tout à fait.

Enfin ils reviendront l'année prochaine, et
ils vont se consoler bientôt, car ils ont beaucoup de sujets d'être contents. Leur mère est
guérie, ils se sont corrigés de plusieurs défauts, et ils ont appris quelque chose. Robert
a bien travaillé avec Mlle Herpin; Marthe sait
lire et tricoter; elle commence à écrire et à
coudre; tous deux ont trouvé des amis; tous

deux ont eu le bonheur de soulager des malheureux. Ce sont des choses bien utiles ou
bien douces, et certainement ces enfants se
souviendront toute leur vie avec plaisir de
cet été à la campagne.

TABLE DES MATIÈRES

FIN DE LA TABLE

PARIS — IMPRIMERIE E. MARTINET, RUE MIGNON, 2

PARIS. — IMPRIMERIE EMILE MARTINET, RUE MIGNON, 2

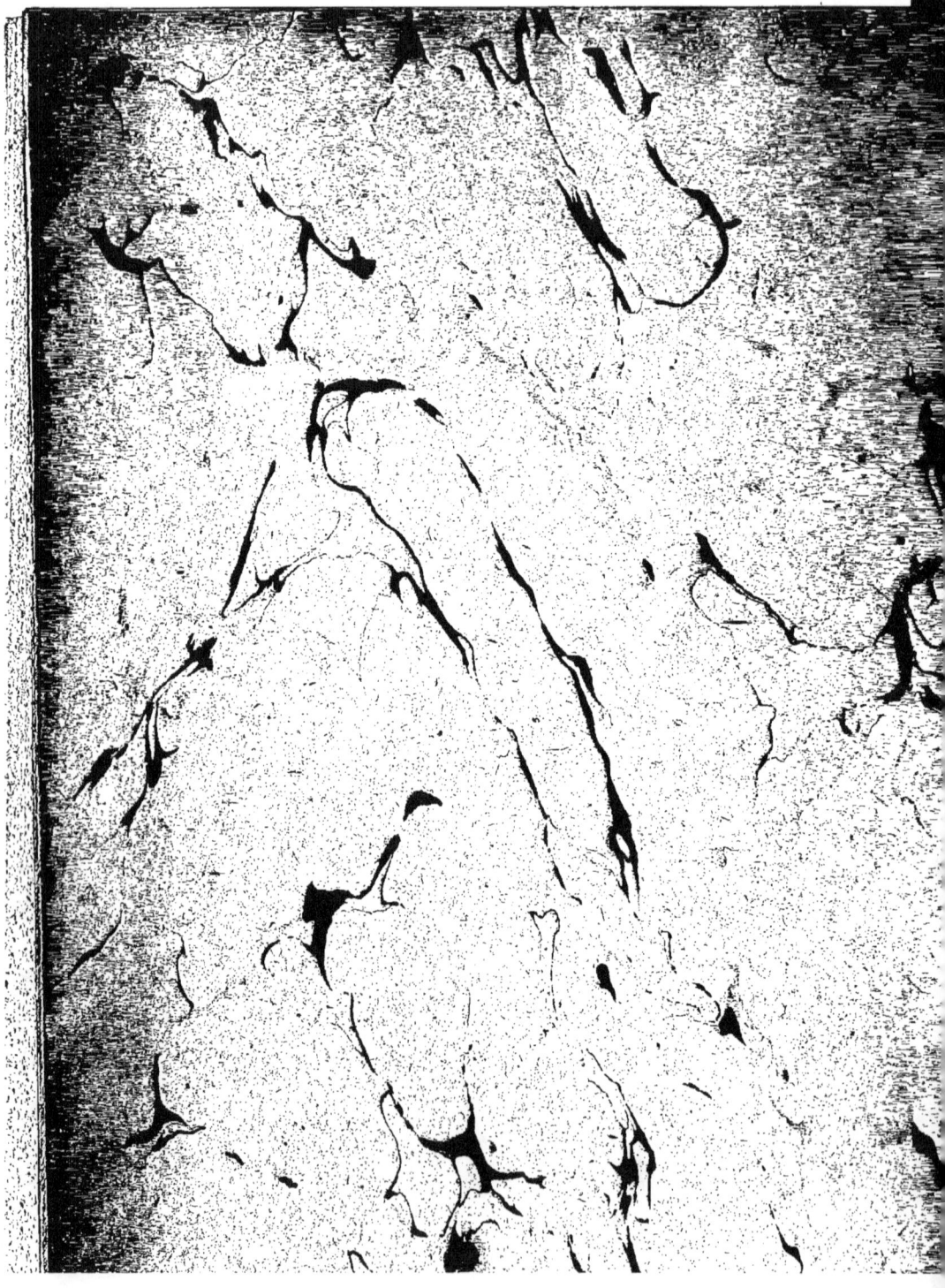

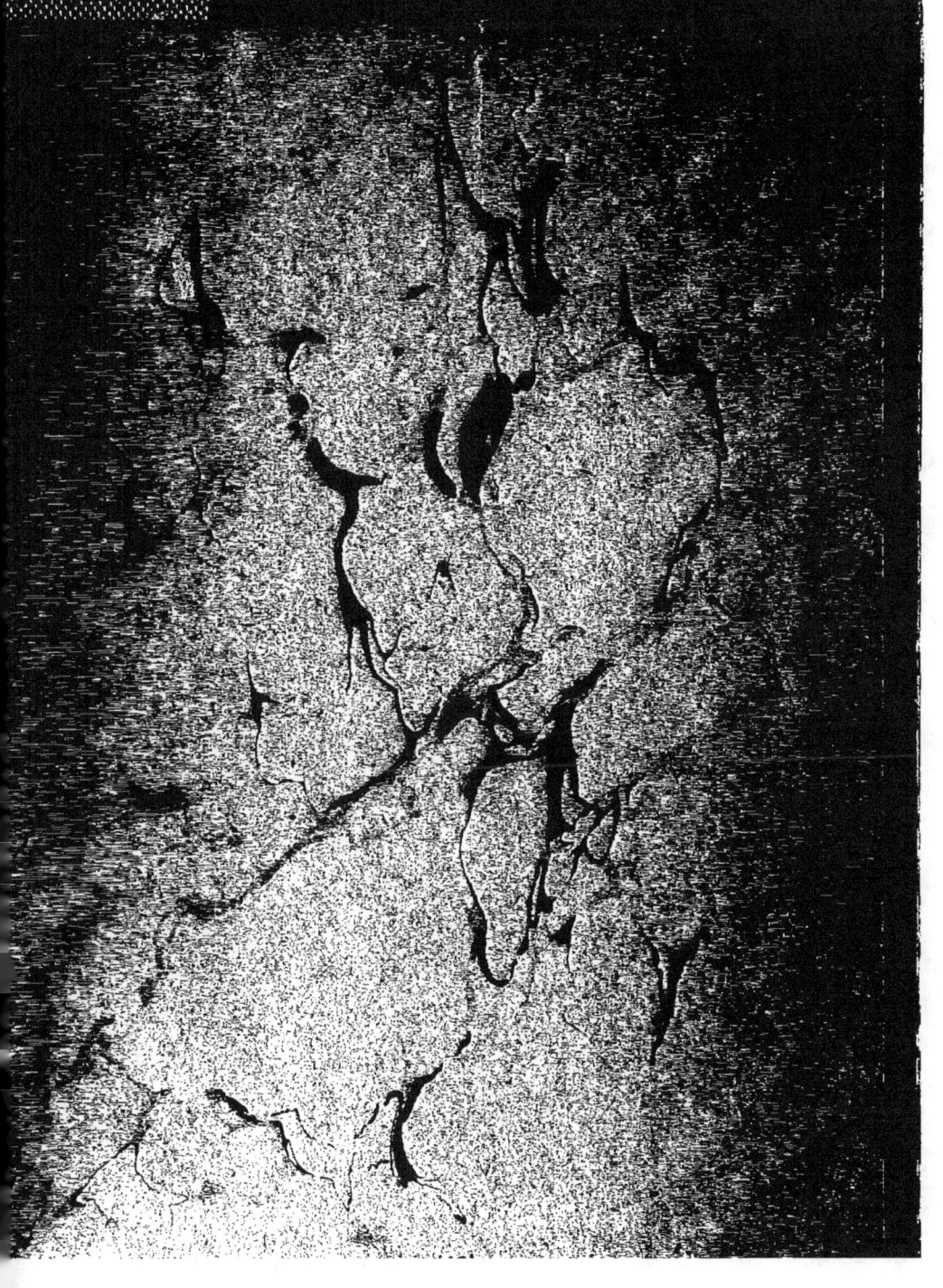

www.ingramcontent.com/pod-product-compliance
Lightning Source LLC
Chambersburg PA
CBHW061446030726

47503CB00005B/1594